UN BIAHE LARGU

Di Babilonia pa Israel; Un Kaminda Largu

Drs. Luisette D.C. Kraal

KONTENIDO

Dedikashon

Ebuki aki ta dediká na Moody Bible Institute i Moody Theology Seminary. Danki na Dr. J. Coakley i Dr. J. Wong Loi Sing, pa siña mi e siensia di hermeneutika, e arte di investigá i e gozo revelá den e Tanak, (Testamènt Bieu).

Mi ker a gradisí mi demas profesornan ku a aportá na mi edukashon. En especial Dr. Andy Phlederer, Dr. Trasher. Boso a yuda kultivá e amor pa Dios Su Palabra den mi.

Mi ta gradisí Baptist University of the Americas pa e ekselente edukashon teológiko i mi iglesianan rònt mundu: Iglesia Grasia Abundante na Kòrsou; First Baptist Church of Castroville na

Texas; Moody Church na Chicago, Illinois; Salem Church na Chicago, Illinois; i e Faith Fellowship Church na Oakbrook, Illinois.

Tambe mi ta sumamentu gradesido na mi kerido esposo Ed, mi yu muhé Jo-Hanna, i mi yu hòmbernan stimá, Symar, Timmy i Brayen.

Mi ta gradisí Dios pa Dennis Rafael ku a yuda mi editá e buki aki.

Hopi man a yuda mi tradusi. Mi ke yama danki na Yovanka Fenny-Molina na Hulanda, Marella Nahr- Angelica, Maidy Martijn, Ayshel Martis Baromeo, Vanessa Toré, i Christine Paula – Krolis.

Awe mi por skibi buki pa honor i gloria, di Dios, pasobra hopi orashon a wòrdu hasí i amor abundante a wòrdu demostrá na mi.

Mi ta spera ku lo bo disfrutá di lesa Nebo su Biahe, mes tantu ku ami a disfrutá pa skibi'é! I keda pendiente pa e siguiente buki ku ta revelá Nebo su bida na Israel!

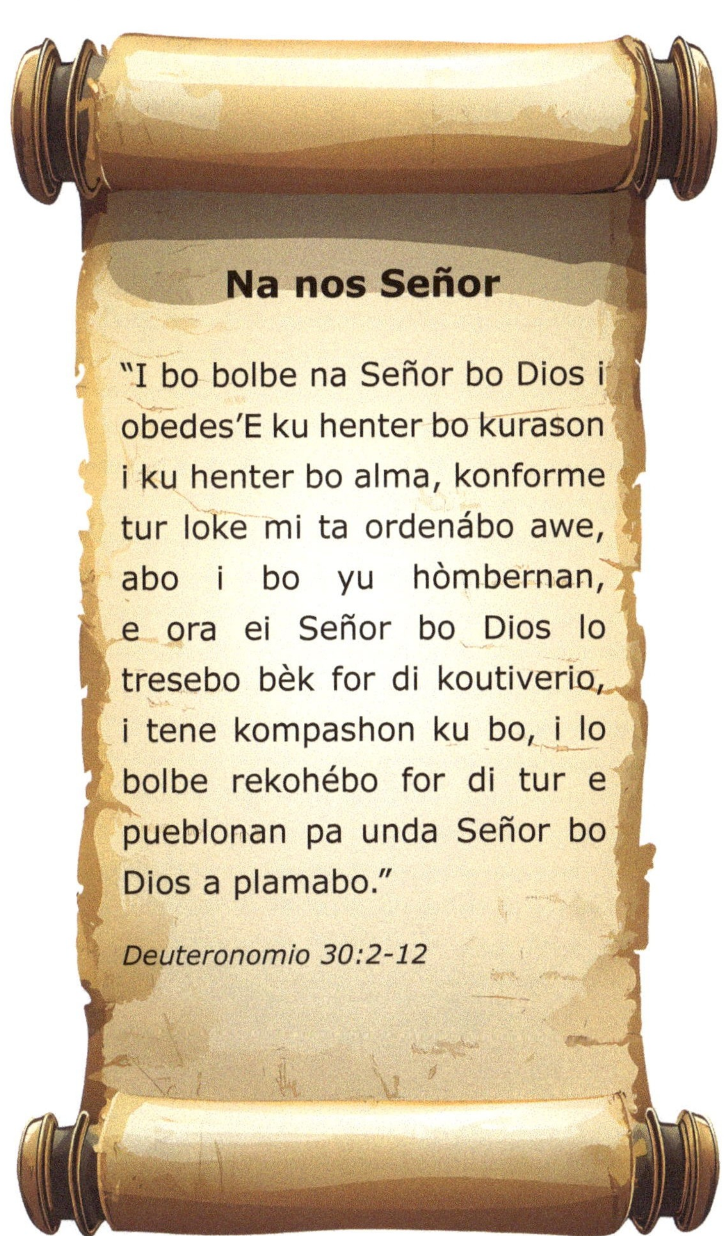

Na nos Señor

"I bo bolbe na Señor bo Dios i obedes'E ku henter bo kurason i ku henter bo alma, konforme tur loke mi ta ordenábo awe, abo i bo yu hòmbernan, e ora ei Señor bo Dios lo tresebo bèk for di koutiverio, i tene kompashon ku bo, i lo bolbe rekohébo for di tur e pueblonan pa unda Señor bo Dios a plamabo."

Deuteronomio 30:2-12

KAPÍTULO 1

Nebo i Zaccai

*N*ebo, un mucha hòmber hudiu ku kabei pretu yen di krùl i un kara smal, a para riba un baranka i a zuai su brasanan den laira. "Mi ta invisibel!", el a grita mientras ku el a bula for di riba e baranka dilanti di su amigu Zaccai.

Zaccai tabata un tiki mas yòn ku Nebo. E tabatin un postin será ku brasa- i pianan kòrtiku. Su kara tabata hopi sodá pero esei no tabata molesti'é ku nada. E tabata pèrsiguí su amigu Nebo kende tabata kore rònt dje baranka. El a grita: "Mi ta haña bo! Mi ta un Filisteo, i mi por bringa bon!"

Pero Nebo no tabatin intenshon di laga su amigo gana dje fasil ei i el a grit'é bèk "Ami ta un hudiu. Dios ta na mi lado. Lo mi gana." I el a kore duru bai laga Zaccai.

Un ratu despues, papa sodá, halando rosea pisá, tur dos a kai sinta abou den kushina pa bebe lechi di baka ku suku.

Esaki tabata un bon dia. Un dia dushi. "Nos a pasa hopi bon," Zaccai a bisa, halando rosea kansá.

El a seka e sodó for di su kara i a sigui bebe su lechi.

Ima, Nebo su mama, a pasa man den su kabei. "Ke men awe Nebo a laga bo traha duru anto!" el a hasi wega ku Zaccai i a hari.

"Otro biaha sí mi ta hañ'é!" Zaccai a kontestá hopi sigur di su mes.

Ima a hari. "Bo no mester yuda bo tata ku su trabounan?" Ima a puntra.

"No ègt, mi no mester yuda pasobra m'a hasi mi trabounan promé ku m'a bin hunga, pero mi ta kere ku ta ora pa mi bai si, pasobra un djis nos ta bai kome." El a bula lanta i bisa, "Ayó Nebo, mi ta wak bo mañan i nos ta bolbe hunga soldá atrobe."

"Ta duel mi pa bo Zaccai, pero mañan sí, Nebo no por hunga. E ta kuminsá haña lès di hebreo i di e buki Torah, e Beibel hudiu."

"Nebo ta kuminsá lès di Torah? Dikon?" Zaccai a puntra ku wowo di span.

"Nebo ta mucha grandi awor, abo tambe. Bosnan mester siña kiko Dios ke pa nos hasi. Nebo su tata a papia ku bo tata kaba. Kisas bo tambe ta kuminsá mañan, mi no sa kiko bo tata a disidí. Nebo ta bai siña serka e Maestro Azariah," Ima a bisa.

"Mi ta bai puntra mi tata!" Zaccai a kontestá kontentu i el a kore bai su kas ku tabata keda den e mesun kaya. Ima a grit'é un respondi, "Bisa bo mama m'a manda kumindamentu. Bis'é ku mañan m'a keda di pasa." Ima i Nebo a hari. Nan

no tabata sa si Zaccai a tende nan òf nò. Asina, kontentu i lihé e mucha hòmber ei a bati bai kas.

Tur dia e dos mucha hòmbernan di ocho aña, Nebo i Zaccai tabata hunga huntu. Pa nan, esei tabata e kos di mas dushi na mundu! Tabatin hopi wega ku nan tabata gusta hunga: tapa kara, tira piedra, hunga wega di mesa, bula, i di mes, hunga soldá. Esei tabata esun di mas dushi di tur. Nebo tabata serka di hasi nuebe aña i su tata Abbi, tabata ke pa e siña di e Torah. Den e Torah, tur e leinan i e mandamentunan di Moises tabata skirbí i e hendenan mester a siña nan pa nan por a sirbi Dios. Nebo su tata tabata un pastor. E hendenan tabata gust'é mashá i tabata bin for di lugánan leu pa nan por a papia kuné. Pero pa Nebo e tabata djis su Abba, su tata. I kariñosamente Nebo tabata yam'é Abbi. Abbi tabata un pastor pa tur e hudiunan bibá na Babilonia.

Nebo tabata entusiasmá pa bai serka e Maestro hudiu. Hopi biaha Nebo su tata a yega di papia ku e Maestro Azariah. Ta p'esei Nebo tabata konos'é bon.

"Ima," el a bisa su mama, "si mi bai lès serka Maestro Azariah, por ta Abbi lo pèrmití mi ta presente ora hende hòmber grandi ta den reunion. Master hòmbu!" Nebo a kuminsá bula i kore bai bin, sin por stòp. "Mara Zaccai tambe por bai lès ku mi," el a ripití esaki mas ku shen bia, mientras e tabata purba di konvensé su mama pa e haña mas lechi.

E siguiente dia Nebo a haña un mal notisia. Zaccai lo no bai e lèsnan ku n'e. Paso Zaccai su tata tabata ke pa Zaccai siña lesa i skibi na Arameo, i siña matemátika ku ekonomia. Arameo tabata e idioma di Babilonia i Zaccai mester a siña e idioma aki pa den futuro e tuma e negoshi di su tata over.

E dos mucha hòmbernan tabata sintá di lèn na un baranka mientras ku nan tabata kòmbersá tokante di nan plannan pa futuro.

"Mi tata ta traha den palasio di Rei," Zaccai a bisa ku hopi orguyo. "E ke pa mi siña kon pa hasi negoshi. Ta pesei mi mester siña Arameo. Mi no por pèrdè mi tempu siñando hebreo djis pa prèt."

"No ta pa prèt!" Nebo a kontestá. "Nos ta hudiu, nos mester sa e idioma di nos mayornan i nos mester lesa nos Beibel, e Torah, den e idioma original. Ami ta bai bira un saserdote meskos ku mi tata. Esei kier men ku mi mester siña e leinan."

"Si, mi sa, mi sa." Zaccai a bisa. "Abo ta kere ku ainda nos ta hudiu? Ami si a kuminsá duda. Mi a nase na e pais aki. Mi tata a nase akinan, i su tata, opa Olli, tambe a nase aki nan. Dùs mi ta kere ku mi ta di Babilonia. Mi no ta hudiu mas."

"Stòp di papia asina!" Nebo a kontestá spantá. El a drei wak rònt hanshá, pa wak si por ta un hende por a skucha nan. "Zaccai wak pa nunka mas di bo bida bo no bisa e kos ei. Nos ta hudiu. Nos famianan ta bibando den e pais aki, pasobra nos a desobedesé Dios ora nos tabata biba na nos mes tera, Israel. E profetanan a bisa nos antepasadonan pa kumpli ku e mandamentunan di Dios, pero nan no a hasié. Dios tabata hopi desapuntá i rabiá ku tur e hudiunan. El a kita Su man di protekshon for di riba nan i ta p'esei e hendenan di Babilonia bou di rei.

Nebukenesar a bin i a kapturá e Israelitanan i trese nan e pais aki. Nos ta hudiu i pronto, Dios lo laga nos bai bèk. Esei ta loke mi Maestro Azariah a siña mi. Ta p'esei nos tur mester siña e Torah i konosé e leinan di Dios. Wak pa bo bai lès Zaccai. Bo mester siña tokante Dios i nos hendenan. Por fabor! Bolbe pidi bo tata atrobe."

Zaccai no a respondé, el a kai sinta ku su mannan den su kabei. Diripiente el a bula lanta i bisa, "Ban, laga nos ban tira piedra riba awa." I el a kore bai kantu di e riu. Nebo a sali kore su tras i djis un ratu despues nan tabata den un kompetensia pisá. Nan a tira piedra den e riu i kada biaha ku Zaccai gana, e tabata bula bai bin, hisa man na laria i hari.

"Mi ta gusta e riu di Kibar! Ta hopi dushi mes, pa ta akinan!" Nebo a bisa. "E lugá aki ta muchu mas mihó ku kaminda nos tabata biba, den e siudat Kish," Nebo a bisa hariendo. Na Kish, mei mei di Babilonia, nos tabata biba pober, ademas nos tabata biba den un kas chikitu. Ta riba kaya so nos por a hunga, pero aki nos tin hopi espasio na e rui pa nos kore hunga."

"Ami semper a biba aki na Nippur," Zaccai a bisa. Fo'i dia mi tata tabatin 12 aña el a traha pa Rei, i mi abuelo a traha den e palasio fo'i dia nan a bin biba den e pais aki. Semper nos tabatin kas grandi pero mi tambe gusta e riu aki mashá!"

"Bo tin suèltu," Nebo a bisa. "Mayoria di nos famianan, hendenan di Israel, ta traha duru den e kunukunan pa produsí kuminda pa tur hende di Babilonia kome. Maske ku Rei no a hasi nan katibu nan bida ta duru. Den e país aki ta sirbi so nan por sirbi. Nan no tin opshon manera bo tata ku mi tata."

Zaccai a sakudí kabes. "Fèrfelu", el a bisa.

Nebo a keda ketu un ratu i diripiente el a kòrda ku e mester bai kas. "Hey, mi tin ku bai kas. Ayera un hende a kore bin trese respondi ku nos ta bai haña un bishita importante, hermano Zerubabel. Lo e bin awe nochi pa bishitá mi tata i papia kuné tokante un dekreto nobo ku Rei a saka."

"Ken e ta?" Zaccai a puntra, "un otro saserdote?"

"No, e ta traha pa Rei, e ta bin pa papia ku mi tata i mi ta spera ku mi tata ta laga mi keda pa skucha e kombersashon. Mi ta kasi un hòmber adulto. Bo sa?"

I nan tur dos a grita hari.

"Nos tatanan mester kuminsá ripará esaki." Zaccai a grita, i huntu e dos amigunan a kore bai sin sa ku nan bida lo a bai kambia pa semper.

KAPÍTULO 2

Nos ta Bai?

Ima, tabata tur nervioso, "Mucha, hasi lihé laba bo mannan. Bo no por bin kome ku bo mannan sushi! Bo ke pa bo tata pasa bèrgwensa? Nèt awe ku delegashon di e Rei lo bini? Ken sa kiko e Rei a dekretá i kua notisia nos ta bai haña awe?"

Nebo a bula lanta for di mesa kaminda el a kai sinta ku su kurpa sushi. "Ima djis mi a sosegá un ratu, mi no tabata bai kome ku man sushi. Mi sa ku mi mester limpia mi kurpa."

"No ta dia pa hasi ko'i mala mucha. Mi tin miedu ku ta mas regla pisá e Rei ke pone riba nos pueblo." Ima ta sigui bisa.

"Ima, Ima," Abbi a bisa i a pasa man riba Ima su lomba. "Ima, stòp di wòri. Mi no ta kere nos ta bai haña mal notisia. Nos a sirbi e pais aki bon. Hudiunan no a duna e Rei problema. Nos ta paga belasting, anto hopi. Mi no ta kere nos ta den problema. Mi no sa kiko e Rei ke, pero no por ta dje malu ei. Laga nos djis sigui konfia Dios."

Abbi a bira wak Nebo i a bisé ku un kinipí di wowo, "bai laba bo man, kara i kambia bo túnika. Ya bo por sinta na mesa ku hende grandi."

Nebo a hari i kore bai hasi loke su tata a bisé.

"Ami no sa, mi kasá," Ima a bisa tur preokupá. "Promé nan a bin den nos país, Yerúsalèm i hòrta nos bin kuné na e pais aki. No ta hustu. Nan a hòrta hende i bestia pa bin biba aki na Babilonia i traha manera katibu pa nan. Nan no ta pèrmití nos pa bai biba niun otro lugá ku no ta akinan, djis pa nos sirbi nan. Ki dia nos lo por bai bèk pa sirbi Dios den nos mes Tèmpel na Yerúsalèm?"

"Pasenshi, mi kasá, pasenshi," Abbi a bisa i el a kai sinta. "Kòrda ku profeta Yeremías a profetisá ku Dios lo laga nos bai bèk ora e tempu di prueba aki pasa. Bo no ta kere ku ta e tempu ei a yega?"

Nebo, ku nèt tabata kana bin bèk den kushina ku man i kara limpi limpi a hansha bai serka su tata.

"Abbi, bo ta kere esei? Bo ta kere ku Rei lo laga nos bai bèk?" Su wowonan tabata grandi den su kara, yen di speransa.

"Bèrdat ku mi no sa mi yu," Abbi a bisa ku un sonrisa. "Pero lo mi no keda sorprendí si ta esei Dios ke hasi awor. No ta pòrnada nos a resa tur e tempu ku a pasa pa esaki sosodé. Mi sa kiko e profeta Yeremías a primintí. Bo ta kòrda e promesa? Mi a pone bo memoris'é dia bo a hasi seis aña. Bo ta kòrdá?"

"Si Abbi," Nebo a bisa ku un tono importante den su stèm. El a lanta para règt, stret su lomba, pusha su pechu dilanti i resitá na bos haltu e palabranan di Yeremías1, "

Nan a roga boso un pa un, pa stòp di

sigui boso mal kaminda i laga malu; e

ora ei boso lo por a keda biba den e pais

ku ya SEÑOR a duna boso

i boso antepasadonan pa semper.

SEÑOR a manda bisa boso:

"No kana tras di otro diosnan,

no sirbi ni adorá nan!

No proboká Mi,

fabrikando diosnan falsu!

E ora ei Ami lo no hasi boso daño."

Abbi a para wak Nebo ku mashá orguyo. E iIma tur dos a bati man.

Un tiki mas lat e anochi ei mes, Zerubabel a kana yega. E tabata kansá i su pianan tabata tur na stòf di e kaminda largu di su biahe. El a kana bastante, usa un buriko pa un pida kaminda i a biaha e último dianan ku un boto. Ima a manda Nebo mesora ku un kònchi ku awa ku e tabata tin kla prepará, pa laba pia di Zerubabel. Ora Zerubabel tabata mas konfortabel el a kai sinta abou na e mesa di komementu. (Tene kuenta ku e tempu ei, ta abou na suela nan tabata sinta, anto ku e mesa nan no tabata haltu manera nos mesanan.) Ima a kuminsá trese algun kos di kome pero promé ku nan a kome Zerubabel a bisa: "Mi ta trese notisia grandi pa e hudiunan di parti di Rei Korèsh."

Nebo a lèn dilanti pa e skucha bon. "Papia pa kaba!" E kier a grita pero el a será su boka duru duru. Kasi e no por a warda pa tende e notisia.

"Rei Korèsh a saka un dekreto nobo anto mi tin hopi trabou. Bo ta kere bo por biaha ban ku mi e siudat di Babilonia pa nos traha huntu?" Zerubabel a puntra.

Abbi a sakudí kabes poko poko ku "si" e por. Despues el a bira i bisa Nebo, "bai yuda bo mama den kushina mi yu, mi ke papia ku ruman Zerubabel."

"Pero Abbi…" Nebo a bisa desapuntá anto el a kologá su kabes. "Mi a pensa ku awor… awor ku mi ta mucha grandi… anto mi ta sinta na pia di mi Maestro Azariah pa siña e Palabra… mi ta kasi un hende hòmber adulto."

Abbi mes mester a hari. "Solamente si bo por sinta ketu ketu manera un raton! Si mi tende bo asta hala rosea lo mi manda bo den kushina serka bo mama."

Lihé lihé Nebo a primintí, "mi ta bai ta asina ketu ku Abbi mes lo lubidá ku mi tei!" Purá el a bai sinta den un huki den sala. El a kue su ròlnan di pèrkamènt ku e tabata usa pa siña su lèsnan serka su Maestro i a pone su mes kla pa e skibi tur kos ku e tende den e kombersashon. "Nèt bon pa mi práktika skibi Hebreo." El a pensa, "tur loke Zerubabel bisa mi lo skibi na hebreo anto lo mi laga Zaccai wak e mañan pa wak si e ta komprondé.

Ima a kana drenta sala nèt e ora ei i a trese lechi ku suku i kuki di dadel, ku el a prepará pa Zerubabel. Despues di esaki porfin tabata tempu pa Zerubabel konta Abbi su gran notisia.

Nebo, no por a kere su orea! El a lubidá su promesa na Abbi, i a bula lanta for di den su huki. El a dal un gritu di kontentu i el a keda wak ruman Zerubabel ku wowo grandi i boka habrí!

Danki Dios, Abbi mes tambe a keda sorprendí i no a tuma nota di Nebo su kenshinan. Purá Nebo a kore kai sinta bèk i a kuminsá skibi. Abbi ainda tabata wak ruman Zerubbabel ku boka habrí.

"Ruman Zerubabel, e kos aki ta bèrdat?" El a puntra tur asombrá. Su mannan a kuminsá drai su barba. (Kada bia ku e ta pensa òf ta nervioso e ta keda drai su barba. Nebo a mir'é hasi e kos ei hopi bia kaba.)

E notisia aki ta grandi di bèrdat! Abbi a bisa.

"Si, Rei Korèsh mes a saka e dekreto aki pa benefisiá e pueblo hudiu." Zerubabel a bisa. "Nos pueblo ta liber pa bai bèk nos pais!" El a sigui bisa ku un smail. "Mi sa ku bo no por kere, pero ta bèrdat. Anto tin mas kos."

"Mas? Kiko mas por tin?" Abbi a puntra. (Nebo tambe tabata yen gana di sa, tanten e tabata skibi bai!)

Rei Korèsh a ordená pa e hendenan di Babilonia duna e hendenan hudiu saku di oro, plata i sèn. Tur loke nan mester pa nan rekonstruí e Tèmpel di Señor na Yerúsalèm.

Abbi a keda babuká. Su mannan so a keda drai su barba.

"Tambe Rei Korèsh a ordená ku mester duna e hudiunan tur nos skalchinan di oro, tur artesania di oro i plata i tur dekorashon di oro i plata ku a wòrdu hòrtá for di e Tèmpel den pasado. Nos por bai buska tur nos kosnan na palasio pa nos bai bèk kuné Yerúsalèm. Tur tur kos ku Rei Nebukanesar a hòrta for di Tèmpel nos lo haña bèk! Dios ta bon." Zerubabel a bisa nan.

"Tantu bon notisia!" Abbi a bisa.

Zerubabel a mustra Abbi un ròl di pèrkamènt ku e karta di Rei Korèsh. Nebo a wak e i kopi'é palabra pa palabra.

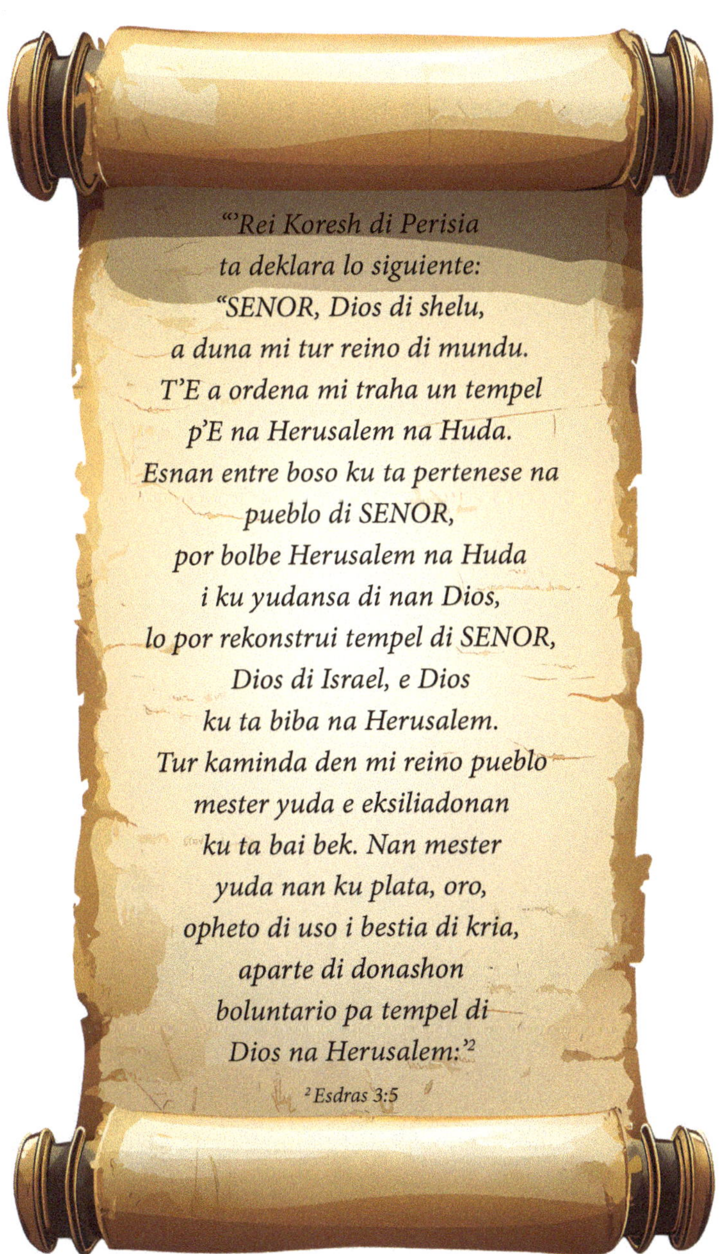
"'Rei Koresh di Perisia
ta deklara lo siguiente:
"SENOR, Dios di shelu,
a duna mi tur reino di mundu.
T'E a ordena mi traha un tempel
p'E na Herusalem na Huda.
Esnan entre boso ku ta pertenese na
pueblo di SENOR,
por bolbe Herusalem na Huda
i ku yudansa di nan Dios,
lo por rekonstrui tempel di SENOR,
Dios di Israel, e Dios
ku ta biba na Herusalem.
Tur kaminda den mi reino pueblo
mester yuda e eksiliadonan
ku ta bai bek. Nan mester
yuda nan ku plata, oro,
opheto di uso i bestia di kria,
aparte di donashon
boluntario pa tempel di
Dios na Herusalem:'

² Esdras 3:5

E anochi ei ningun hende no a drumi den e kas. Abbi a lubidá di manda Nebo bai drumi. Nebo su dos ruman muhénan a bin den sala i nan tambe a tende e notisia. Tur hende tabata sin palabra.

Inai, e ruman mas grandi di Nebo, a yora un tiki. El a kuminsá pensa kaba riba e dia ku e lo mester bai laga Babilonia. Tur su amiganan ta biba aki.

Ima tabatin awa na wowo, pero di alegria. El a seka su wowonan i hari na e mes un momento. "Nos tabata sa ku Dios lo hasié pero ken por a pensa ku e lo usa un Rei?" Ima a bisa, kontentu.

Bilah, e otro ruman di Nebo, tabata baila den kas i el a kanta. "Mi Dios, Adonai, ta bon, su amor pa Israel ta pa semper."

Ima i Abbi a hari.

Nebo a yena zeta den e lampinan ora ku el a mira ku e lus a baha. E tabata kansá despues di un anochi largu di papiamentu. Pero tòg tur hende a keda sinta papia i Nebo tambe a keda. E notisia tabata muchu grandi.

E siguiente dia hopi hende mas a tende e notisia i bishitantenan a bin pa pidi Abbi konseho.

Basta Nebo tabata ketu, Abbi a lag'é den su huki i e por a skucha tur e kòmbersashonnan. Nebo a traha un lista di tur kos ku tabata pasando. El a skibi e nòmber di hendenan ku kier a bai Israel bèk, kuantu yu nan tabatin, i kiko nan kier a hasi den Yerúsalèm.

Ora Zaccai a yega, Nebo a mustr'é su ròlnan di pèrkamènt. Nebo a yud'é lesa e ròlnan di pèrkamènt ku el a skibi na hebreo. Despues nan a bai hunga 'tira pieda' den riu tanten nan a keda papia di e kosnan ku ta bai sosodé.

"Kasi sigur mi tata no ta bai bèk." Zaccai a bisa.

"Mi no ta kere e kos ei!" Nebo a bisa ku wowo grandi. "Nos Dios Adonai a hasi e kos grandi aki pa nos. Asta el a duna nos plata i oro pa bai kuné. Kon bo ke men bo ke keda e pais aki? Esaki no ta nos pais." Nebo a bisa.

"Mi tata ta bisa ku e baimentu di Israel ei ta un soño. Yerúsalèm, nos capital, ta solamente un lugá yen di piedra. No tin kas, no tin kaya, no tin tienda, no tin masha hende ta biba. Tur kos a keda destruí. Solamente algun grupito di hende a keda skondé den e serunan. No tin un siudat. Kiko nos tin ku bai hasi einan? Djis traha un Tèmpel i adorá Dios? I kiko nos ta bai kome einan?" Zaccai a bisa. Ku un stèm abou el a sigui splika: "Mi tata di, Adonai a proveé aki na Babilonia pa nos kaba. Nos mester ta gradisidu pa loke nos a logra den e pais aki. Nos no por kore tras di soño di nos grandinan. Nos ta bon na e pais aki." Zaccai a papia ku sinseridat. Ta manera e kier a konvensé Nebo di e echo aki.

Nebo a dal su mannan na su orea pa e no tende mas. Purá el a bisa: "Adonai nos Dios ta bon. E ta fiel. Mi Maestro a siña mi ku Adonai a usa hòmber pa papia ku hendenan di Yerúsalèm den e tempu ku a pasa. E hòmbernan ei tabata wòrdu yamá profeta. Nan tabata profetisá e palabra di Dios ku Dios mes a duna nan pa spièrta e pueblo. I nan a hasi nan trabou. Nan a papia ku e hendenan pa stòp di hasi malu i pa nan stòp di peka. Pero e hendenan tabata kabesura. Nan a keda hasi malu.

Ta p'esei Dios mester a kita su man for di e pueblo di Yerúsalèm! Anto ta te ora Dios a kita su man Rei Nebukanesar a haña un chèns di drenta den e pais Yerúsalèm i hòrta hende, destruí e tèmpel i kima tur kas! Ta nos pueblo mes su falta. Nos tabata kabesura! Ta esei so ta e motibu ku nos ta den e pais aki. Nan a hòrtá nos for di nos pais i pone nos traha pa nan akinan. Kon bo ke keda akinan awor? Ta tempu pa bai bèk! Bo no por keda den eksilio! E ora ei bo no ta aseptá ku Dios mes a pordoná bo i laga bo bai bo kas bèk." Nebo a splika ku un hansha. E tabata kier pa su amigu komprondé e kos bon!

Zaccai a sakudí su kabes. "Mi tata di si Adonai tabata kier E lo a protehá nos na Israel anto E lo no a laga Rei Nebukanesar hòrta nos hendenan."

Nebo a sakudí su kabes. "No no ta asin'ei."

Zaccai a sigui splika, "Bo'n ta mira Nebo? Dios a usa e Babilonianan pa trese nos akinan. Nos ta kome bon aki. Karni i bon kuminda. Nos ta biba den kas di blòki. Dikon nos mester bai bèk? Nos no ta ni papia e lenguahe mas!"

Nebo no por a tende mas. "Zaccai, ta basta. Habri bo wowo pa bo mira e bèrdat. Dios no a usa e Babilonionan pa trese nos aki. Dios a straf nan pasó nan a hasié. Pero nos grandinan a desobedesé nos Dios den tur kos i Dios a pèrmití e Babilonionan hòrta nos grandinan pa nan siña nan lès. Bon ta mira kon Dios a straf e Babilonionan? Persia a poderá di Babilonia.

Nan ku un tempu tabata e pais di mas poderoso awor a pèrdè tur poder. Anto awor e rei di Persia, e rei mes ke yuda nos pueblo hudiu bai bèk nos pais! Bo no ta mira ku ta Dios mes a plania tur esaki pa benefisiá nos hendenan?" Nebo a splika ku pashon.

"Ami no sa mas Nebo!" Zaccai a bisa. "Mi ta bisa bo loke mi tata ta bisa. Bo tata ta un pastor e tabata pober semper. Pero mi tata ta traha pa palasio.

Nos tin moda. Si bosnan bai Israel bosnan ta keda mes un pober pero si nos bai nos ta pèrdè un bon trabou i bon sèn. Mi tata no ke bai. Anto si e no bai ami tampoko no por bai."

Tabata un momento tristu entre di dos bon amigu. Nan no por a sigui hunga. Nan no a hari ni tira pieda mas. Nan a kana poko poko bai bèk nan kas. Nebo a bai bèk bai sinta den su huki i el a sigui skibi tur kombersashon ku e por a tende.

Pa su sorpresa el a tende hopi mas hende papia meskos ku Zaccai su tata. Nan tabata argumentá ku Abbi pero Nebo a ripará ku Abbi por a splika nan hopi mas mihó.

Abbi a keda enkurashá e hendenan ku a bin papia pa kue nan famia i bai bèk nan pais, e tera primintí Yerúsalèm.

No ta e dos mihó amigunan so tabata tin problema. Asta entre Ima i Abbi, Nebo a ripará ku tabata tin algu. Nebo a mira Ima ku awa na wowo, ku kara kòrá i ku nanishi ta kore. E no a bisa Nebo nada i Nebo tampoko no a puntra pa sa. Nebo a bai den kushina e atardi ei i yuda Ima dos bia. El a hala awa for di e riu, laba e flur nan den kushina i yuda den bèrghòk pa rùimòp e kosnan bentá.

Mas tardisitu Bilah i Inai a konta Nebo kiko tabata pasando. "Ta pa motibu di Saba, nos opa, mama ta yora." Bilah a bisa ku stèm abou abou pa Ima no tende.

"Saba? E ta mas malu?" Nebo a puntra.

"No, e ta mes un malu pero Ima ta pensa ku e ta muchu bieu pa e biaha bai Yerúsalèm anto Ima no ke lag'é atras su so. Ora nos tur bai Saba no ta bai tin famia mas na Babilonia si e so keda atras." Inai ta splika.

"Ayayaaaai, mi a lubidá riba Saba… spesialmente awor ku e ta malu asin'ei. E tin un grip pisá ku hopi doló di wesu. Su pechu ta asina será ku tin bia e ta pèrdè rosea. E tin difikultat pa lanta for di su mat mainta! Kon e ta hasi biaha bèrdat?"

"Abbi no ke tende kuenta di Ima keda atras pa kulda Saba anto biaha despues. Anto ta p'esei Ima ta tristu. E no ke bai laga su tata malu."

E anochi ei nan a papia tokante di e problema ora nan tabata sintá na mesa. Nebo, Bilah i Inai a keda ku nan kabes bahá. E situashon tabata ferfelu.

Porfin Abbi a skrap su garganta i el a bisa: "Ima, mi sa ku ta bai ta difísil pero kon nos por hasi desobedesé Dios i no bai bèk? Nos no por keda den e pais aki. No ta esaki nos Dios ke pa nos. Mi tambe tin duele ku bo tata a bira asina hende grandi awor ku e lo no por biaha mas ku nos. Kiko Dios lo bisa si nos keda atras pa motibu di Saba?"

"Ata nos Dios Adonai mes a duna Moises e dies mandamentunan? Nan ta bisa, "Honra bo mama i bo tata." Si mi lag'é so akinan pa e muri sin famia kon esei lo honra mi tata?" Ima a puntra despues ke el a supla su nanishi i seka su wowonan.

"Ima!" Nebo a sklama ku wowo grandi. "Saba ta bai muri? Ai no, mi no ke pa e muri." Bilah i Inai tambe a kuminsá yora. "Mi… mi…no ke pa ….Saba ….muri…." Inai a yora.

"No Nebo, Saba no ta bai muri. E ta malu si pero mi no kier men ku e lo muri mes ora. Ami ta pensa ku bosnan tur mester bai Yerúsalèm anto ami ta keda akinan pa mi kuida Saba. Dia su dia yega pa e bai ku Señor lo mi buska un karavana ku ta bai Yerúsalèm i lo mi bin serka boso." Ima a bisa.

Nebo a bula lanta. "Ima, No! Nos no por bai sin bo. Mi ke pa bo bai ku nos!" Bilah i Inai a kuminsá yora mas duru ainda. Anto Abbi a lora su barba un tiki mas. Niun hende no a kome. Tur hende a mira e problema i kon serio e tabata.

Despues di pensa un tiki Abbi a bisa firme "Ima, no tin ningun manera ku mi por laga bo atras ora nos biaha. Na promé lugá ami ta den e grupo di lidernan huntu ku Zerubabel i Jeshua. Lo mi mester bai hopi reunion, mi mester ta lider di un grupo di hende anto mi mester di bo pa kuida e muchanan i pa kuminda." Abbi a bisa ku outoridat. "Mi no por laga bo atras. Ken ta bai kuida bo? Ken ta bai wak pa bo? Bo tata ta malu, e no por traha pa bo tin kuminda. Ami no por manda sèn pa bo. Mi no tin trabou na Israel. Mi lo ta un di e pastornan i nan lo duna mi kuminda sigur pero no sèn. Si mi laga bo akinan ken lo protehá bo? Ami ta haña ku bo mester ta huntu ku bo yunan, huntu ku bo famia. Bo mester bai ku mi."

Tur hende a keda ketu. Nan no konosé Abbi asina strèn. Pero Nebo a keda kontentu si, e lo no ke pa su mama keda atras.

Abbi a sigui bisa: "Mi ta kere ku nos mester bai drumi awor aki anto hasi mas orashon riba e asuntu aki. Si Dios a habri kaminda pa nos bai e lo trese un solushon tambe. No ta mañan nos ta bai. Ni sikiera otro luna òf otro aña. Tin hopi kos di regla ainda promé ku e grupo por sali. Laga nos konfia Dios."

I asina a sosodé. Despues di un orashon, tur hende a keda mas trankil i nan a bai drumi.

Su siguiente dia Nebo a konta Zaccai tur kos ku a pasa. Zaccai tabata masha distraí i nan weganan no a bai dushi. Despues el a kai sinta bou di e palu di figo, i kome algun. Nebo a sinta banda di dje riba un piedra. Promé niun di dos no a bisa nada.

Despues Zaccai a bisa: "Mi a pidi mi tata pa mi bai siña hebreo serka Maestro Azariah. Mi a bis'é ku lo ta bon si mi por papia mas lenguahe anto spesialmente mas hebreo pasobra hopi hende ke bai bèk i nan mester kos skibí na hebreo.

"Ai, Zaccai, esta bon! Ora Maestro Azariah splika bo e lei bo ta bai wak kon kla Dios su palabra ta.

Su siguiente dia mes Zaccai a bai pa su promé lès huntu ku Nebo. E tabata un bon studiante, pasó ya el a tende hopi hebreo kaba den kas di Ima i Abbi. Semper eseinan tabata papia hebreo. Zaccai a gusta Azariah mes mes. E hòmber ei si por a splika bo e Palabra di Dios, kla kla. Azariah por bisa for di su kabes e promé 5 bukinan di e ròlnan. Anto kiko ku Nebo òf Zaccai puntr'é e tin un kontesta!

I el a bira un bon amigu di Nebo i Zaccai.

KAPÍTULO 3

Preparashonnan pa e Biahe

Durante di e tempu di preparashon pa e biahe pa Yerúsalèm, Zerubabel a bini bèk na dos okashon pa papia ku Abbi. Durante un di e bishitanan, Abbi a sali ku Zerubabel pa e bai papia ku Yeshua, e sumo saserdote i lider di e promé grupo ku lo biaha pa Yerúsalèm. Manera Abbi a konta Nebo, Yeshua i Zerubabel tabata planiando e biahe huntu. Nan ker a bai Yerúsalèm ku mas tantu hende posibel. Huntu nan tabata prepará pa e biahe kompletu i organisá tur detaye. Promé, nan a biaha bai e provinsianan den kunuku di Babilonia pa konta tur hudiu ku ta biba einan tokante di e dekreto di Rei i e biahe planiá. Nan tabata enkurashá e hendenan pa nan inskribí nan mes pa bai Yerúsalèm bèk. Esaki a tuma kasi hinter un aña. Nan a biaha poko poko den boto chikí navegando e riu pa nan yega na e pueblonan leu.

Masha hende ku a nase na Babilonia i nan yunan a nase na Babilonia no tabata kla pa bai bèk. Mester a papia hopi ku nan.

Despues di e pueblo chikitunan, Abbi i Zerubabel a biaha pa algun siudat mas grandi i komersial manera Nippur, Ninive, Babilonia (Kapital) i Gozan.

E biahe aki lo a bai tuma un gran parti di un aña tambe i Nebo su famia tabata tristu pa wak Abbi bai.

Riba un djaluna mainta, tantu Nebo i Zaccai a para na e kosta di Kebar miéntras ku Abbi tabata preparando pa subi un boto chikitu pa bai su promé destinashon, e siudat di Calah.

Nebo a keda tene Abbi duru i bras'é tanten ku Abbi tabata purba buta su propiedatnan riba e boto. "Mare mi por a bai ku bo Abbi", el a keda bisa.

"Mi sa", Abbi a bis'é, "mi tambe ta deseá ku bo por a bai ku mi, pero bo tin ku kaba e lèsnan di e Maestro Azariah promé ku nos sali pa bai Israel. Bo mester por papia hebreo bon i tambe skibi e ròlnan. Ta abo tin ku yuda mi den e trabounan. Kisas aworakí mi ta bai pa algun luna, kisas asta un aña. Bo no por falta bo lèsnan tantu dia asin'ei."

Nebo a tene Abbi atrobe i a dun'é un brasa fuerte. "Lo mi hasi mi esfuerso pa siña e lei mas tantu ku mi por serka e Maestro Azariah", el a primintí ku un stèm hers.

"Mi yu stimá," Abbi a bisa miéntras ku el a kue su último tas ku e ròlnan di pèrkamènt i a tira nan den e boto. "Mi no tin sufisiente tempu pa siña bo awor ku mi ta biahando. Banda di esei bo tin ku kuida Ima, Bilah i Inai; ta abo ta e hòmber di kas awor. No lubidá esei."

Nebo a keda hari so. "Ami ta e hòmber di kas." El a smail.

Na kaminda di kas el a hari. "Bo a tende e kos ei?" El a keda puntra bes tras bes tanten nan a kana bai kas. "Abbi a bisa ku ami ta e hòmber di kas awor."

For di e dia ei, Nebo a tuma su tarea na serio. E tabata yuda Ima ku tur e trabounan pisá na kas: kar gamentu di awa, kòrtamentu di palu i tene e kandelanan sendé.

Zaccai tambe a resultá di ta un bon amigu den e dianan ei. Nunka e no tabata insistí pa nan hunga na e rant di e riu manera ta nan kustumber, pero el a yuda ku e tareanan den kas, i nan a inventá weganan nobo pa hunga na kas mes.

Nan tabata mas madurá awor ku e tempu pa nan bai tabata yega mas serka. Nan tabatin kasi diesun aña awor i nan a siña hasi trabou serio.

Opa Saba, a bin keda serka Nebo su famia un par di dia. El a pasa den un temporada di grip pisá i ainda e tabata hopi malu, e tabata tosa i hala rosea pisá.

Den kas Ima a pone un matras p'e den e kamber dilanti i einan e tabata drumi i trata na bin bei.

Nebo tabata yuda Ima duna Saba su remedinan pa e kore ku e grip. El a asta siña kon pa traha un kòmprès pa e pechu di Saba dor di meskla hariña, simia seku di mòster ku awa. E pasta diki aki e tabata hunta riba Saba su pechu. Esaki tabata duna Saba un tiki alivio, pero despues ku e kòmprès seka, nan mester a traha otro i hunt'é atrobe.

Despues di dia esaki no tabata yuda Saba sufisiente ku su tosamentu, sleim den pechu i pegamentu. Djis despues di e remedi, Saba tabata tosa atrobe.

"Oh Saba, bo no por kome djis un tiki pa bo bira mas mihó?" Nebo a puntra tanten e tabata purba duna Saba un kuchara di sòpi di lenteha.

Pero Saba, tosando, a pusha su man. "Despensá mi, mi yu", el a logra bisa i el a kai drumi atrobe, tosando. Nebo a keda wak su Saba ku tristesa anto el a bisa su mama, "Ima, nos tin ku kumpra remedi pa Saba. E no ta birando mas mihó.

" "Mi tabata pensando e mesun kos," Ima a bisa segun e tabata seka su wowonan. "Mainta mi ta bai na e kas di finansa di Mashur den stat pa papia kuné tokante sèn. Abbi a laga instrukshon serka dje.

Saba, drumí riba su matras, a hasi seña ku nan. "Mi ke ...pa bo bende ...algu pa mi tambe...", Saba a suspirá ku un stèm hopi hers. El a hala un rosea grandi i bisa, "Nebo wak den mi kaha... i lo

bo haña algun pèrkamènt ...di propiedat. Mi ke... bende nan tur.

" Nebo a kue nan i lesa nan duru pa Ima tende.

"Bo tin sigur ta esei tin skibí riba e papelnan ei?" Ima a puntra. Nebo a mustra Ima nan.

"Bo ta sigur Saba?" Ima a puntra. "Esaki ta mayoria di bo propiedatnan - bo terenonan, bo kas, i algun pida tereno aki na Nipur. Bo ke bende tur?"

Saba kier a papia pero un tosá formal a kohé. Despues di e tosamentu largu, Saba a logra bisa, "Hasié, mi no ...tin mester di nan mas. Bo por usa e sèn... mas mihó na Yerúsalèm."

E siguiente mainta Ima a puntra Nebo pa kompañ'é riba e biaha pa e distrikto finansiero.

Ima i Nebo, kada un a sintá riba un buriku, a yama ayó. Ima a kologá kuminda pa kaminda na su buriku. Nan mester a kana hopi ora. Solo tabata kima pero Nebo a wak rònt ku interés. Tabata su promé biaha pa e distrito finansiero den stat. Normalmente ta Abbi ta bai den e distrito ora e mester kumpra of bende algu. I aworakí ta

Nebo ta hasié komo e kabes di famia.

"Oh Ima, wak tur e edifisionan grandi." Nebo no por a sinta ketu riba su buriku. El a keda mustra riba un edifisio kaba riba e otro. Finalmente nan a yega e kas di finansa di Mashur.

Un eskriba di e famia a aserká nan. Nan a splika e situashon di e sèn i nan a puntra e eskriba pa bende e propiedatnan ku Saba a indiká.

E eskriba a tuma e tabla di klei i a skibi algu den un idioma ku Nebo a kere ku el a rekonosé pero e no por papi'é ni skibié. No tabata Arameo, esei ta sigurNebo a pensa ku e por tabata Cuneiform.

E eskriba a skibi algun fórmula di matemátika i despues el a duna Ima algun moneda di oro. El a

primintí pa deskontá sobrá ku Abbi ora e bini bèk. Nebo no tabatin ku papia nada. Tur kos a bai lihé i satisfaktorio.

Ima a bai marshé i a bai kumpra loke e tabatin mester mientras Nebo a karga e kompranan pa Ima i bai kas ku nan.

Mas atardi riba e dia ei algun di e bisiñanan muhé a bin bishitá Ima, i Nebo a bai hunga ku Zaccai. Ora el a bini bèk, el a tende Ima i Saba ta papia i Ima tabata zona tristu.

Purá, Nebo a bai buska su ruman i el a puntr'é, "Bilah kiko a pasa? Dikon Ima ta tristu?"

"E muhénan ku a bin bishitá kier a hasi orashon na nan dios En-lil pa Saba. I nan kier a hasi sakrifisionan na su onor," Bilah a flùister.

"Na nan dios En-lil? Anto sakrifisio? I kiko Saba a hasi?" Nebo a puntra ansioso pa sa.

Bilah a tene su mannan dilanti su boka pa tapa un harí i el a kontestá, "el a bisa nan ku e ta preferá muri ku nos Dios Adonai, todopoderoso i no sigui nan dios falsu En-lil. Nan a bai masha lihé i no den masha bon humor." Chikí chikí, Bilah a hari.

Nebo tambe a hari. Esei ta nèt loke Saba lo a bisa. El a sakudí su kabes. "Asina tantu persona ku ta sirbi e dios En-lil. Nan ta kere di bèrdat ku e ta e tata di tur diosnan. Asta e reinan a bini pa duna sakrifisio na dje," el a konta Bilah ku a skucha ku mashá atenshon.

"Nebo, bo sa hopi kos!" Bilah a bisa i Inai a hari. Nan tabata orguyoso di nan ruman. "Mi a siña esei di mi Maestro," Nebo a bisa i el a bai buska su mama.

Nebo, Ima i su tawela Saba a hasi orashon huntu i nan a usa e remedi nobo. E remedi a parse di a traha paso e siguiente dia kaba Saba por a lanta sinta, i dos siman despues e tabata sinti su mes muchu mas mihó i e por a kana rònt den kas. Pero en total el a tuma mas ku tres luna pa rekuperá kompleto di e grip pisá i a kuminsá yuda ku e trabounan di kas.

Ainda no tabatin ningun siñal ku Abbi lo bin kas. Tur hende tabata sinti su falta masha hopi mes. Speshalmente Nebo. Pa ta sinsero, Nebo no tabata gusta e parti di ta hòmber di kas mashá. Den su mes e tabata kontentu ku Saba a bira basta bon i tabata yud'é karga e peso di kas. E kuenta di homber di kas aki ta pisá sigur!

Awor, ku Saba su yudansa, e por a haña tempu liber pa asina e por a bai kana i hunga wega ku Zaccai.

Zaccai tabata keda kome hopi biaha serka nan i nan tur tabata papia hebreo ku otro. Despues di kome nan tabata bai hunga wega di mesa ku Saba ku a resultá di ta un bon artesano. El a traha e piedanan chikitu di e wega for di klei. Despues di e wega, na mesa sintá ta kome e kombersashon a bai riba bandoná Babilonia pa bai Israel.

"Bo ta preparando kaba pa e biahe grandi?" Saba a puntra Zaccai.

Pa un momentu tabatin un silensio na e mesa.

Nebo a lubidá ku Saba no tabata sa ku Zaccai lo no a bai. Saba tabata muchu malu ora el a yega nan kas pa komprendé kiko tabata pasando. Ningun hende no a rospondé i Saba a keda wak esun kaba e otro.

Nebo a purba bisa algu, "ehh… e kos ta… ehh…wèl…"

Ima tambe kier a bisa algu pero e no por a haña e palabranan korekto. "Ken ke un kuki di dadel?" el a puntra na final. Ningun hende no a kontestá.

Finalmente Zaccai mes a bisa "Mi no ta bai, Saba. Mi tata ke pa nos tur keda den e pais aki."

"Kiko?" Saba a sklama. "Yònkuman", el a bisa ku un stèm di dònder. "Adonai, nos Dios, ke pa nos bai bèk! Ta nos Tera Primintí. Pakiko bo ke keda den e pais aki? Nos tur tin ku bai bèk."

Zaccai, sintá riba flur, tabata dòp su pan den sop, (un sòpi diki), sin kome. El a keda wak ònt ínkomodo. El a keda dòp e pan pero sin pon'é na su boka.

"Pero Saba, bo tampoko no por bai bèk. Bo tabata malu. E biahe pa bai bèk ta largu i peligroso," Zaccai a bisé.

Nebo a tene su rosea aden. Te ku aworakí, nin gun hende no a tuma e kurashi pa papia di e tópiko, pero Zaccai si a kaba di hasié.

"Ami ta bai bèk sigur!" Saba a grita. "Mi ta preferá muri na kaminda purbando pa yega bèk ku keda aki i muri den desobedensia na Dios. Mi ta bai bèk.

"Pero Saba..." Nebo a bisa ku un stèm chikitu temblando. "Nos tin ku kana pa vários siman. Kisas tres òf kuater luna òf mas. Kon lo bo por hasi esei? Asta ora bo kana rònt di kas bo ta keda sin rosea."

"Si Saba," Bilah a bisé ku su dushi stèm. "Mihó nos keda na Babilonia ku bo. E kaminda pa bai bèk ta muchu difísil pa bo."

"Mira un kos aki," Saba a kontestá. "Mi ta un hòmber grandi i mi a tuma mi desishon. Mi ta bai mi tera. Dios lo yuda mi yega i si mi muri na kaminda, djis dera mi ùnda ku ta i laga mi einan. Lo mi ta huntu ku Dios i den boluntat di Dios. Esei ta loke ta konta."

E famia a papia largu ku Saba, diskutiendo diferente senario kon pa yega Yerúsalèm, pero nan no por a traha un bon plan. Saba tabata determiná; e ta bayendo Israel. Esei tabata kla.

Mas lat e atardi ei, tur hende a habri nan matras pa drumi ariba i a kuminsá prepará pa e anochi. Pero ningun hende no a drumi bon.

E siguiente mainta nan a haña nan ku e sorpresa di nan bida! Ora nan a lanta, nan a mira Abbi sintá riba e mesa plat! "Abbi!!!!" tur hende a pura pa bras'é i Bilah a keda trèk su barba i su kabeinan. Tur dos a krese for di dia el a bai. E tabata mustra flaku i kansá pero el a sigurá Ima ku esei tabata dor di e biahe.

"Mi a sinti falta di bo bon kushina." El a hari i miéntras el a buta un pida grandi di e arepa di dadel ku Ima a traha den su boka.

Saba tambe a kana yega serka Abbi i a kuminsá papia mesora. "Mi yu," el a bisa, "mi tambe ta bai Israel ora bo ta bai. Mi no ta keda patras. Mi a traha un plan ayera nochi. Ora bo no tabatei, mi a bende un pida di mi tereno pa kumpra loke mi tabatin mester pa mi rekuperá for di mi grip. Musher tin e sobrá di e sèn di e tereno. Ku e sèn lo mi kumpra un buriku pa karga mi i un buriku pa karga mi poseshonnan ku mi ke bai ku n'e. Lo mi tuma dos hóben hòmber fuerte di Babilonia den servisio ku tin gana di biaha ku nos pa karga mi i pa yuda mi. Ke men lo mi no ta un

peso pa boso. Mi a plania esaki."

Abbi siguramente a keda impreshoná pa e fe di Saba. Tabata opvio ku Saba a tuma hopi tempu pa pensa i plania, i Abbi a bai di akuerdo pa yud'é bende su sobra poseshonnan i pa kumpra loke ku e mester.

Ima tabata yora atrobe pero e biaha aki di felisidat. Nebo tabata sigur di esaki. Awor ku Abbi a regresá, a palabrá e dia di salida.

Hopi hende a bai Mashur pa purba bende nan poseshonnan. Tin ku por a bende lihé i otro no. Abbi si por. Nan kas tabata keda meimei di e distrito komersial i serka di e marshe. Hopi hende a mustra interes i Abbi a bendé lihé.

El a kumpra e burikunan pa tantu su famia ku Saba. Despues el a kumpra baka, kabritu i hopi

kos mas ku nan lo mester pa e biahe, e Tèmpel
i pa nan kuminsá un bida nobo. Tur e hendenan
ku lo a biaha tabata ke kamel, i tabata difísil pa
haña kamel, pero Abbi a logra haña kuater i el a
bin kas ku nan.

KAPÍTULO 4
Preparashon

E dia di e biahe tabata serka. Tur hende tabata traha duru pa prepará.

Zaccai tabata bin yuda tur dia. El a kambia hopi. E tabata resa na Adonai tur ora i e tabata gusta studia e ròlnan di pèrkamènt huntu ku Azariah. Porfin su tata a pèrmitié bai e lèsnan. Pero den su kurason e tabatin miedu di e dia ku Azariah i Nebo lo bai Yerúsalèm bèk. Pero pa su sorpresa, un dia nan tur a risibí notisia asombroso.

Nan a komprondé ku Azariah lo no bai. Su lider nan a pidié pa keda pa guia e grupo di hudiunan ku no tabata kier a bai bèk, pero ku tabatin mester di konosementu i práktika di e lei.

Abbi a pensa ku despues di dia un di dos grupo di hudiunan lo por sali pa Yerúsalèm. No ta tur hende tabata komprondé e plan di Dios bon. Nan tabata hopi pegá na e prosperidat i e sistema di bida na Babilonia i nan no tabata kla pa laga tur kos atras pa sigui lei di Dios.

Pa Zaccai esaki tabata bon notisia, pero Nebo a keda di shòk. Su bon amigu i Maestro Azariah lo keda atras? Pero pensando riba su amigu Zaccai el a bisa.

"Mi ta kontentu ku bo por kontinuá bo estudio ku Azariah." El a duna su amigu un sonrisa alentador. "Keda hasi orashon. Por ta bo tata ta kambia di idea ora Azariah forma un grupo pa bin, anto e ora ei bo por bin kuné. Mi ta warda riba bo na Yerúsalèm." Zaccai a primintí ku e lo bini ku Azariah i topa Nebo na Yerúsalèm.

Finalmente, e dia di bai, a yega. Hopi famia a reuní riba e plasa mei mei di e siudat. Bisiñanan a bin tuma despedida i hopi a trese tas yen di oro, plata i kuminda pa duna e hudiunan. Tabata un dia di alegria pero tristu.

Zaccai a para ku su kabes abou. El a kaba di yama kasi henter su famia ayó. Tur su primunan, tanta i tionan tabata bai. Hasta su tawela a hasi trámitenan pa bai. I su mihó amigu Nebo. E tabata sinti manera kos ku ta e so ta keda atras.

Nebo a mira Zaccai pará su so i el a bin para huntu kuné. "Bo no mester ta tristu, Zaccai," el a bisa. "Pronto bo por bin ku bo Maestro o por ta ku un otro karavana. Bo tata por kambia di idea."

"Bo tin rason" Zaccai a bisa, "laga nos bai tuma despedida di bo famia. Mi tin hopi regalu pa boso tur."

Nan a kana yega i topa Zaccai su tata ta yuda mara paki na un kamel. Despues el a brasa Nebo su famia pa yama ayó. Zaccai tambe a kuminsá parti re galu. Zaccai a duna Ima hopi armbant di oro pa su brasanan i te hasta Nebo su ruman muhénan a haña algun. El a duna Nebo un ròl di pèrkamènt ku kopia di e teksto di e lei hebreu. E mes a trah'é. Tambe el a trese 6 baka, 12 kabritu, bolo di dadel i fruta seku pa Nebo. "Zaccai, ta muchu kos. Bo mayornan ta di akuerdo?" Abbi a puntré.

"Nos tin mas ku sufisiente," Zaccai a bisa. "Mi tata lo no sinti nan falta pero mi tin su pèrmit pa duna boso nan. Bai na pas. Shalom," anto el a hari chikí chikí.

Despues, Zaccai a yuda Nebo hiba e bestianan na su trupa i warda e regalunan. Tabata nan último oranan huntu i ningun di dos no tabata sa kiko pa bisa.

"B'a mira Abbi?" Ima, tur hanshá a grita Nebo. "Bai busk'é anto bis'é ku e lidernan mester di dje. Nan ke pa e konta e kosnan di oro ku Rei ta mandando bèk pa e Tèmpel di Dios. E mester bai na kuminsamentu di e karavana. Bis'é hiba un ròl di pèrkamènt pa e nota tur kos."

Zaccai i Nebo a pusha pasa mei mei di e hendenan buskando Abbi. Na final di e plenchi nan a hañ'é mei mei di un diskushon kayente.

"Kiko ta pasando?" Zaccai a mustra riba Abbi i Nebo tambe a mir'é. Poko poko nan a yega serka pa nan tende. Abbi tabata krùl su barba i tabata purba skucha miéntras un otro hòmber hudiu tabata waya su mannan den laira i tabata papia purá.

"Habaiah," Abbi a bisa ku un bos trankil. "Nos no por disidí e asuntu ei aworakí. Bo no por prueba for di kua famia bo ta bini. Bo no por haña bo famia den e registro. Pues mi no por sa. Dikon nos no ta laga e asuntu aki pa ora nos yega Yerúsalèm?"

"Mi ta un saserdote!" e hòmber ku Abbi a yama Habaiah a bisa. "Mi sa ku mi ta un saserdote. Dikon bo no ta kere mi?"

"Habaiah, no ta asuntu ku mi no ta kere bo. Ta djis, bo no por prueba esaki i mi no por registrá bo komo tal. Ta p'esei gobernador a bisa bo pa no kome for di e kuminda ku e saserdotenan ta kompartí. Si bo ke laga e asuntu aki sosegá mi ta primintí ku mi lo konsultá ku Señor nos Dios asina nos yega Yerúsalèm. Mi lo usa Urim i Thummin." Abbi su bos tabata trankil

pero tambe poniendo òrdu i Habaiah a kalma un poko.

"Waw," Nebo a bisa Zaccai. "E Urim i Thummin ta e sorteo sagrado. Ora e pastor no tin kontesta, nan ta puntra Dios i nan ta tira un dou. Asina Dios ta papia ku nan."

"Waw, esei ta emoshonante," Zaccai a bisa. Nan a warda te ora nan a mira un chèns pa pusha bai dilanti pa kapta Abbi su atenshon.

"Abbi," Nebo a bisa i el a ranka su tata su man. "E lidernan tin mester di bo pa konta e oro di e tèmpel."

Abbi a duna Habaiah un man i nan tur a kana huntu bai serka nan famianan. Abbi a papia ku Zaccai su tata un ratu i a bai rápidamente dilanti di e karavana.

Zaccai su tata tabata dirigí un buriku kargá ora el a mira Nebo i a yam'é. "Nebo, bin akinan! Mi tabata buska bo. Mi a trese algu pa bo."

Nebo a kana poko poko bai serka tata di Zaccai. "Mi a haña un regalu serka Zaccai kaba," el a bisa ku koutela.

"Mi sa, pero mi kasá ku mi ta masha gradesido pa bo amistat ku Zaccai i nos tabata kier a duna bo algu ku bo lo bai tin mester den e pais nobo. At'é aki," el a bisa i el a pone e kabuya di e buriku den Nebo su man.

Nebo a wak e buriku kargá un bia mas. Hopi paki tabatin mará riba e bestia i e tabatin un mantel traha na man riba su lomba.

"Pa mi?" Nebo a puntra. "Nos tin basta buriku pa karga e hendenan i nan kosnan."

"Mi sá," Zaccai a bisa, bou di harimentu, pero esaki ta un buriku spesial. Bo mester tuma esaki tambe. E ta pa yuda boso kuminsá na Yerúsalèm." Zaccai a habri un di e pakinan mará na e buriku i Nebo a mira lag tras di lag di ròl di pèrkamènt bashí.

"Anto wak," Zaccai a bisa, "aki tin e klei pa traha e seyonan i tablanan i tambe algun pen pa skibi. Bo tin tur loke bo mester pa bira un gran eskritor. Por fabor usa esaki pa registrá tur kos ku bo ta eksperensiá di e biahe largu i di e edifisio di e Tèmpel. E ora ei un dia mi ta spera mi por lesa loke bo a skibi anto e lo parse manera ta mi mes tabata einan." Zaccai tabata bria ora e tabata papia di su plan anto Nebo tambe a kontagiá ku su entusiasmo.

"Masha masha danki!" el a bisa kabes abou anto el a duna Zaccai su tata un brasa i Zaccai a haña un brasa èkstra estilo ber.

Na e momentu ei, e kantantenan a hisa nan bos i e tròmpèt a zona, indikando ku e marcha a kuminsá.

Poko poko e grupo a kuminsá kana formando e karavana.

Famianan tabata kana huntu, nan tabatin nan trupa huntu ku nan, anto nan tabata guia nan burikunan ku tabata kargá ku nan pertinensianan.

E hòmber hóbennan a agrupá rondó di e bestianan pa protehá nan pa nan no desviá òf keda hòrtá dor di ladronnan riba e ruta. Algun hende mas bieu i esnan malu tabata sinta riba e burikunan, miéntras famianan tabata karga sobrá riba garoshinan ku nan mes a traha.

E sòldánan di Rei tabata kana dilanti i na final di e karavana. Algun tabata patruyá na banda. Nan tabata kore riba kabainan pia largu anto nan tabata wak e hendenan ku un kara intimidante, pero nan tabata duna e hendenan tambe un sensashon di protekshon.

Mientrastantu e kantantenan tabata kanta versonan di e ròlnan di pèrkamènt di profeta Isaías:

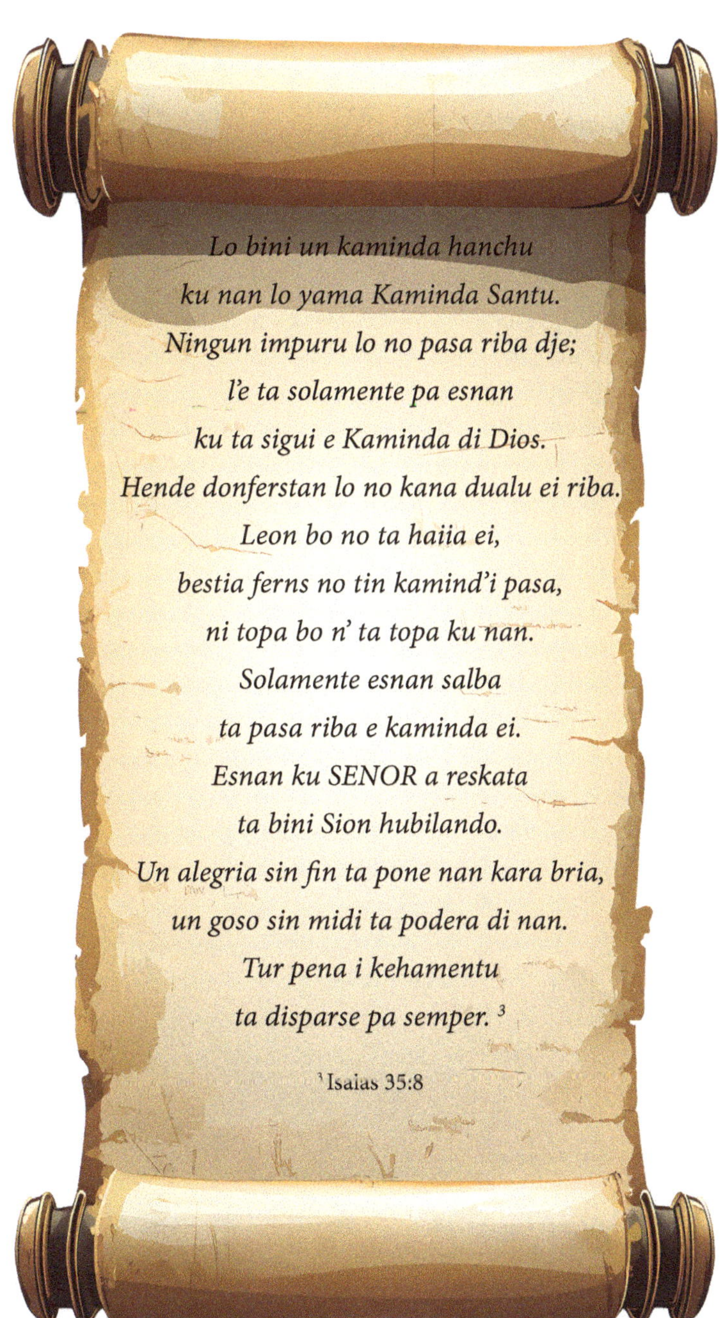

Lo bini un kaminda hanchu
ku nan lo yama Kaminda Santu.
Ningun impuru lo no pasa riba dje;
l'e ta solamente pa esnan
ku ta sigui e Kaminda di Dios.
Hende donferstan lo no kana dualu ei riba.
Leon bo no ta haiia ei,
bestia ferns no tin kamind'i pasa,
ni topa bo n' ta topa ku nan.
Solamente esnan salba
ta pasa riba e kaminda ei.
Esnan ku SENOR a reskata
ta bini Sion hubilando.
Un alegria sin fin ta pone nan kara bria,
un goso sin midi ta podera di nan.
Tur pena i kehamentu
ta disparse pa semper. [3]

[3] Isaias 35:8

KAPÍTULO 5

Riba e Kaminda Santu

Un aventura nobo a kuminsá pa Nebo. E tabata parti di un karavana grandi riba e Kaminda Santu. Huntu nan tabata bayendo e país nobo. E kas ku su Tata den shelu a plania p'e. El a keda zuai su gran amigu, Zaccai, ayó, te ora e no por a mir'é mas. Su wowonan tabata yen di awa. ("...di e stòf, naturalmente, no di nada otro," asina el a bisa su ruman muhénan.)

E promé dia ei riba kaminda tabata hopi eksitante. Tur hende tabata alegre, brasando otro, hariendo i alabando Señor. Mayoria di e hendenan mas grandi a sinta riba nan buriku i

tabata papia ku otro. E grupo grandi a forma un karavana kolorido ku tabata bai West. Nan tabata bai mas lihé ku e lidernan a kalkulá.

E muchanan tabata kore bai bin i nan a kubri mas o ménos tres biaha e distansia di e hende grandinan. Ningun hende a sinti kansansio. Ningun hende no a keha. Nan a sigui e riu i tur ora nan tabatin tinashinan yen di awa fresku pa nan bebe.

Nèt promé ku a bira skur nan a para i lanta nan kampamentu. E hende hòmbernan a lanta nan tèntnan anto e hende muhénan a traha kandela ku e palunan ku e muchanan a bai piki.

Ima a plania un fiesta chikí. Bilah a kuminsá yuda Ima traha pan. El a mansa e ariña, zet'i oleifi, salu, suku, i un tiki di e speserei téim den un baki.

Ima a pone un wea di sòpi na kandela i el a traha e dòmplinnan pa benta aden. Tambe el a herebé bonchi garbanso te ora nan a bira moli. El a mula nan i traha un pasta di bonchi, hummus, pa e hunta riba e pannan blanku suave fresku ku Bilah a hasa despues ku nan a reis. Nan tabata hole dushi!

Algun hende, di e otro famianan, a bin sinta huntu ku Abbi i nan tambe a trese kuminda pa parti, di manera ku tur hende a kome huntu. Saba su dos ayudantenan a kushiná i nan tambe a bin sinta huntu. Tur kos a smak bon.

Nebo tabata hunga i papia ku hopi di su primunan, algun di nan ku e tabata tin hopi tempu sin mira. Awor tabata nèt bon pa nan pasa tempu huntu.

"Mi ta kontentu ku mi por sinta," Nebo a bisa, ora ku el a kai sinta banda di su primu Bani. "Mi ta morto kansá." El a inspektá su pianan i su primu tambe a hasi meskos. "Mi pianan ta manera blòki di klei," Nebo a bisa.

"Ban sinta kantu di riu," Bani a bisa, "ya nos por laba nos pia den e awa friu ei i freska."

Nebo no tabatin gana di kana mas pero el a logra yega e riu. Na momentu ku el a kai sinta riba e yerba friu, e tabata kontentu ku el a bini tòg.

"Ahhhh, esaki si ta bon, mañan mi ta purba di bin landa. Ta muchu sukú kaba awor aki."

Su primu a bai di akuerdo kuné. E mucha hòmbernan aki a disfrutá di e sosiegu i laba nan pia, tanten ku nan tabata konta kuenta i nan a plania nan yegada na Yerúsalèm.

Djis un ratu despues, Abbi a yama e hóbennan pa nan habri nan matnan i bai drumi. Nan a hasi loke ku a bisa nan i nan a disfrutá di un anochi trankil.

E siguiente mainta nan a prepará desayuno atrobe. Ima i e mucha muhénan a traha pan batí pa kome ku loke a sobra di e hummus. E tabata smak masha dushi mes pa Nebo, spesialmente ora ku el a pone algun slais di siboyo largu i konofló ku Ima a dun'é riba e pan.

"Nebo, bo ta kla pa ban orashon di mainta?" Abbi a yam'é. I purá Nebo a pròp e pan den su boka i bula lanta. "Si Abbi." Saba tambe a kana bai ku nan.

Despues di e ritualnan di mainta, tabata ora pa bolbe paketá. "Nebo, yuda mi mara e saku nan aki riba e burikunan," Abbi a instruyé anto henter famia a yuda pa nan por a sali.

"Ami ta kana dilanti pa mi tene e kabuya di e buriku di Saba," Bilah a grita. Y tur hende

a hisa nan bultonan i kuminsá kana. Poko poko e karavana a kue forma. "Ai mi ta due," Nebo a tende su bisiñanan bisa anto el a hari chikí chikí. E mes tambe tabata due.

"Hopi kalor," Nebo su primu a bisa ora el a bin para banda di Nebo. Sodó tabata basha na nan kara. Pero ku ánimo nan a sigui kana. Esnan ku tabata kanta alabansa a kuminsá kanta i tur hende a kana kanta alabá i pusha pa sigui dilanti.

Ora e karavana a stòp un ratu, Nebo a pidi su primu, "yuda mi mara mi tas ku ta riba mi lomba riba un buriku. Mi no por mas." Nan a buska i finalmente, el a logra di krea un espasio riba lomba di un buriku i a mara su saku riba dje, loke ku a dun'é e alivio ku e tabatin mester.

E karavana a sigui move, i Nebo a sigui kana. Nan a keda den moveshon te ora ku solo tabata na su punta mas haltu, i e ora ei e señal a bini pa sosegá un ratu. Aliviá, Nebo a sinta pegá ku Bilah. El a wak pia di su ruman muhé i el a trèk un kara. Bilah su pianan tabata kòrá i tur na blar.

"Ai mi ruman," Nebo a bisa,

"bo pianan…"

Bilah a baha kabes i no a bisa nada pa e no keha.

Mesora Nebo a bula lanta atrobe, bai bèk su saku i a buska den dje te ora ku el a haña algun "tallit katan", (paña djabou di mucha hòmber hudiu) mas bieu. Tur mainta, na ora di hasi orashon, e tabatin ku bisti un tallit katan bou di su túnika. El a kaba di haña algun tallit katan nobo pa su bida nobo na Yerúsalèm, asina el a kue un di e bieu nan i el a pidi Dios pordon promé ku el a sker e na repi i a dòp e pi danan ei den riu. Djei el a bùk dilanti di su ruman Bilah i a limpia su pia ku e paña muhá. Ima a dun'é un poko zeta di oleifi, ku el a usa pa hunta pia di Bilah kuné promé ku el a mara nan ku loke a sobra di e pida paña nan. Bilah su kara a haña poko koló bèk i agradesido el a smail ku Nebo.

Despues ku tur hende a haña un chèns pa bebe un poko i sosegá nan kurpa un ratu, e karavana tabata kla pa ranka sali atrobe.

Nebo a disidí di karga su saku atrobe. El a krea espasio pa su ruman muhé sinta riba un di e burikunan i el a krea un espasio pa su mama tambe. E sa ku nunka su mama lo no keha, pero si e mes tabata asina kansá, kuantu mas su mama lo no tabata?

E karavana largu a kuminsá move i a sigui e ruta. Stòf di e hendenan dilanti di nan, tabata penetrá te den nan nanishi i Nebo a usa un otro tallit katan pa tapa su boka ku nanishi pa e mes i pa su famia.

E karavana no tabata move mes lihé ku e dia anterior. E muchanan no tabata kore tantu asina mas i e hende grandinan tabata kana kokochá. Pero ningun hende tabata keha. Nan tabata sigui kana. Ainda nan tabata leu for di Yerúsalèm.

E anochi ei nan a para trempan pa kampa i prepará kuminda di atardi. Nebo a haña un chèns pa drenta awa promé ku a bira skur i hopi mucha hòmber mas a sigui.

E mucha muhé i e hende muhénan a bai mas pariba i nan tambe a baha na awa; algun di nan ku paña ku tur kos. Tabata dushi pa kita tur stòf di kaminda for di nan kurpa.

Algun di e mucha hòmbernan a bai piska i Nebo a sigui nan. El a logra trese dos piská kas i Ima a kushiná un sòpi delisioso.

E siguiente tres dianan e grupo a biaha poko poko asina i pronto nan forsa a kuminsá bini bèk. Nan pianan a bira mas fuerte, e blarnan di e dianan promé a kura, i e kayonan ku a sali a yuda pa suavisá nan doló. E karavana tabata riba kaminda for di salida te bahada di solo.

Na kaminda, segun ku nan stòk di kuminda a kuminsá ta baha, nan mester a kuminsá buska kuminda. Ainda nan tabatin bonchi i diferente sorto di wòrtel i batata i sufisiente grano den nan makutunan di kuminda.

Ima tabatin dos barí yen di diferente sorto di grano i maishi mulá. Ima tabata ke ta kouteloso ku e uso pasobra e no tabata sa ki ora nan lo haña kuminda na kaminda.

Pa su sorpresa agradabel, riba kaminda, nan a haña hopi palu di granatapel ku fruta hechu hechu na nan i tur e muchanan a yena nan barika. Den kuestion di ora, nan a pluma tur e fruta hechonan for di e palunan i a paketá nan pa bai kuné, gradisiendo Señor pa su provishon.

Mesun kos a pasa un siman despues pero e biaha aki nan a haña palu di figu.

Nebo a sigui piska i a trese hopi piská kas, ku sea nan a kome mesora òf a huma nan di manera ku nan por a bai kuné pa kome despues. Djabièrnè nan mester a kushiná sufisiente kuminda pa dos dia di moda ku nan por a tene Sabat.

Riba djabièrnè, e karavana a para trempan i Abbi a bai piska huntu ku Nebo. Nan a pasa dushi, te ora ku Abbi a kana drenta awa poko poko pa e kue un piská ku un reda chikí ku e tabatin. Nebo, ku un kara harí, a push'é duru i Abbi a trompeká i tambaliá, kla pa kai den awa. Pero promé ku el a kai, el a gara e túnika di Nebo tene i trèk e bai kuné, nan tur dos a kai den e riu.

"Ma haña bo!" Abbi bisa i Nebo a dal un gritu ora ku su kurpa a kai den e awa friu.

"P'esei nunka bo no mester kere ku bo ta mas sabí ku un hòmber di Dios," el a bisa, halando rosea duru i nan tur dos a hari.

Danki Dios, asta despues di nan momentu di wega, ainda e piská tabat'ei den e reda, i nan a hal'é saka afó. Nan tabatin sufisiente kuminda pa atardi i pa e siguiente dia tambe. Ima a disidí di huma e piská.

E humamentu di e piská lo a tuma basta ratu, pero komo ku ningun hende no tabatin purá, Ima a traha un kandela ku huma i a kuminsá ku e proseso. Tanten, Nebo a kambia su túnika i a kologá esun muhá afó pa e seka.

Mas lat e anochi ei, Abbi a reuní tur e hòmbernan i nan famia i nan a hasi nan orashon di anochi. Abbi a lesa e palabra di Dios, i tabata un tempu ketu dushi pa tur hende.

Ima a traha un bibida kayente i a pone stropi di abeha aden pa hasié dushi. Algun di e hòmbernan a sinti falta di e serbes ku nan sa bebe na Babilonia, pero Abbi a sòru pa splika ku bebementu di alkohòl no mester ta un kustumber pa e siguidónan di Adonai, nan Dios i a parse ku e hòmbernan a bai di akuerdo. E siguiente dia tabata Sabat i e saserdotenan a reuní i a tene un lesamentu di skritura públiko ku a okupá gran parti di e mainta. E hendenan hòmber i muhé i e muchanan a adorá Dios i a kanta alabansa. Restu di e dia, tur hende a sosegá i a tene kòmbersashonnan chikí i pokopoko den nan tènt.

Esaki a bira e rutina ku nan a sigui pa mayoria di e simannan ku a sigui.

Na nan di tres siman di biahe, mayoria hende a sinti nan meskos ku nomadnan eksperto. E pueblo di Israel no ta un pueblo ku normalmente ta biba e bida di nomad, den tènt, move p'aki i p'aya. Normalmente e pueblo hudiu aki ta biba na Yerúsalèm serka di nan Tèmpel pa nan alabá nan Dios tur dia.

Pero awor ku mester a dal aden, nan a siña e bida di nomad masha fásil mes! Nan a mantené nan rutinanan i tabata kana mayoria dia. Ningun hende no a bira malu òf a sufri di kualke herida serio i pa esei, konstantemente, nan tabata kanta alabansa na Señor.

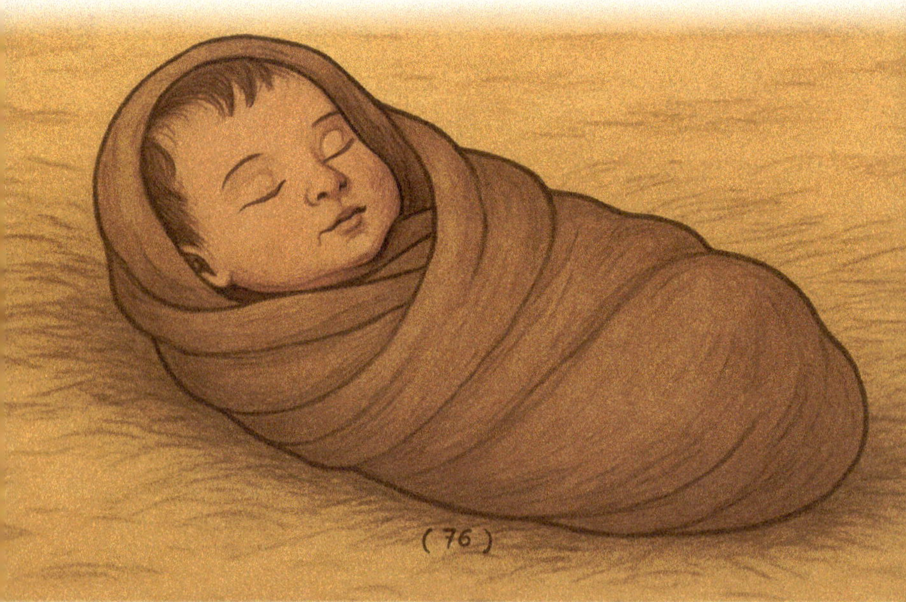

Den e di kuater siman, a sosodé dos kos memorabel. Pa di promé, kompletamente inesperá, un señora na estado, mester a duna lus diripiente. Tur hende a drenta pániko un ratu pero despues e tata i su amigunan a traha un brankar improvisá pa e mama na espera i nan a karg'é mayoria ora di dia. Ora ku e bebi tabata kla pa nase, nan a lanta e kampamentu trempan i algun di e hende muhénan a karga e ruman na estado bai kuné den un mondi eibanda. Nan a keda kuné te e siguiente dia ora ku nan a sali ku un mama hariendo i un yu chikitu. Nos ta yam'é Ebenezer, esaki ta nifiká, "te akinan Señor a yuda mi," e tata orguyoso a bisa, tanten ku e tabata smail i mustra e hendenan su yu. "Nasé riba e Kaminda Santu ku ta hiba nos bèk na nos Tera Primintí," e tata a bisa orguyoso i a sonreí.

E karavana a keda un dia èkstra na e lugá di kampamentu pa e mama por a sosegá.

E ora ei e hendenan a haña tempu pa laba i seka algun di nan pañanan i pa traha kuki òf piská seká òf humá. E dia a parse un dia di fiesta pa nan.

KAPÍTULO 6

Ladronnan Den Anochi

E di dos kos memorabel ku a sosodé e dia ei a pasa te anochi, na momentu ku Nebo tabata morto na soño. Diripiente el a skucha bosnan duru i korementu. Ora Nebo a lanta sinta règt riba su kama di habri abou el a mira Abbi bistiendo paña lihé lihé i Nebo a siguié rápidamente.

"Kiko lo ta pasando?" Abbi a puntra preokupá. Nebo a habri e flap di e tènt i nan a drenta e anochi skur. Den e lus suave di luna nan por a mira un grupo di hòmber papiando tur eksitá ku otro. Ora nan a kana yega mas serka, Nebo a tende un di e hòmbernan bisa "Nos tin ku sigui nan! Mi ke mi burikunan bèk.

Kon mi ta hasi hiba mi suegro Yerúsalèm sin un buriku?"

"Laga nos warda e lidernan bini," un otro hòmber tabata bisa mas kalmu.

"Bani a bai yama Zerubabel i Yeshua'", i el a bira wak Abbi i bisa "I ata nos Maestro aki kaba."

A resultá ku ladronnan a ataká e kampamentu i nan a hòrta algun di e bakanan i e burikunan. Danki Dios, tabata anochi i e burikunan no tabatin e pertinensianan balioso di nan doño mará riba nan lomba.

"Nos no por hiba nos hendenan i nos pertinensianan Yerúsalèm sin nos bestianan," Bani su tata a bisa tur preokupá. "Kon mi ta hasi transportá e personanan i e merkansia." E tabata man na kabes.

"E sòldá na warda tabata mal batí i bentá den e mondi." Jacobo a splika Abbi.

"E otro sòldánan a forma un barera rápidamente rondó di e karavana pa protehá nos di mas kalamidat.

Abbi a yama mas hòmber aserka i ora ku Zerubabel i Yeshua a kana yega hanshá, nan a resa huntu. Nan a disidí di bai tras di e animalnan.

Zerubabel a organisá un komishon di búskeda rápidamente.

"Abbi mi tambe por bai?" Nebo a supliká, bulando riba esun pia pa e otro. "Por faboooooor."

Pero Abbi no tabata kier pa e bai. "No, Nebo, esaki ta bai ta muchu peligroso. E ladronnan ei a ataká un sòldá! Nan mester ta hende sin heful i sin miedu."

"Ai, por fabor Abbi. Kuantu bia mi no a yuda den kunuku ku e bestianan? Mi sa kon pa sigui e ruta di bestia i mi bista ta bon; Mi por ta di gran yudansa."

Ora Abbi a mira ku e otro famianan tabata laga nan yu hòmbernan hóben bai, el a sakudí kabes ku "si", i Nebo a kore bai su tènt pa bisa su mama e notisia.

Algun di e hòmbernan a hinka nan flambeunan den zeta pa sende nan pa iluminá e ruta skur. Otro hòmbernan a bai kue kabuya i spada pa nan a bai kuné.

E grupo, masha purá a kuminsá kana bai den e direkshon ku e sòldá a indiká.

"Ta skur," Nebo a bisa.

"Si no tabata pa e flambeunan nos lo no por a mira nada," Abbi a bisa. Nan a tene flambeunan hopi abou, serka di suela. Nan no tabata ke pa e lus di e flambeunan spièrta e ladronnan. Dor di tene e flambeunan abou nan por a mira e ruta i e blachinan kibrá kaminda e bestianan a pasa.

"Move poko poko'" Abbi a bisa "i no hasi ningun zonido." Riba tenchi i ku pasonan rápido, e hòmbernan tabata move bai dilanti. E ruta ku e ladronnan a kue tabata fásil pa sigui. Niun di e ladronnan no a hasi un intento pa kamuflá nan ruta.

Nebo su wowonan a ahustá na e skuridat i e por a mira màs fásil. E otro hòmbernan tambe a kustumbrá ku e skuridat, i nan tampoko no tabata kier muchu lus, algun di nan a hasta paga nan flambeu.

Despues di kana dos ora, nan a tende un baka ta grita amárgamente den leu. Rápidamente e hòmbernan a paga mayoria di nan flambeunan.

Bani i su otro primu, Akan, a ofresé pa keda patras ku un flambeu sendé pa mantené e kandela sendé.

E sobrá hòmbernan, i tambe Nebo, poko poko i ku masha kuidou a sigui e zonido di e baka. Di bùk nan a move bai dilanti. Nebo a sinti su kurason ta bati te den su garganta. El a kue Abbi su man tene ora nan a slùip yega un distansia serka di un kampamentu chikí.

Seis hòmber tabata sintá rondó di un kampfür chikí, nan tabata bebe, huma, papia i hari. Trankil nan tabata sintá ta hasi nan malunan sin sa ku e doñonan di e bestianan a sigui nan, rabiá. Nebo por a hole nan for di leu. Nan tabata huma algun tabako fuerte. El a hisa su nanishi den laira. E kos ei no por ta kos bon loke nan ta huma!

Un di e hòmbernan a lanta i a bai mara e kabritu ku a hera di ranka su mes lòs for di e palu kaminda e tabata mará. Ora e kabritu no kier a para ketu pa e mar'é el a dal e kabritu un skòp. E kabritu a mèèè mas duru i keda ranka na e kabuya.

Nebo a fiha bon i a ripará mesora ta dikon e kabritu tabata asin'ei. El a hari chikí chikí. E kabritu tabatin un yuchi, i e ladronnan no a bini ku e lamchi huntu ku e mama. Naturalmente e kabritu ta trata na lòs pa e bai bèk serka su lamchi.

"E bestia aki lo no ta unu fásil," Nebo a pensa den su mes. "Boso no ta masha sabí ku bestia no...?" Anto el a hari chikí chikí.

Nebo i e hòmbernan a sigui slùip yega hopi serka di e kampamentu di e ladronnan. Nan a mira un kampfür chikí sendé, ku tabata duna nèt sufisiente lus pa mira dos hòmber pará ku tabata purba na kalma un baka ku tabata hopi tenso.

E dos hòmbernan ladron tabata brutu. Nan paña shushi tabata kologá na nan kurpa flaku, i nan kabei largu, tabata wantá na un, tabata vèt.

Abbi a señalá Nebo pa para patras i e mes a kana riba tenchi bai serka e lidernan. Ningun di nan no tabata sa kiko pa hasi òf kon pa sigui. Nan no tabata mashá prepará pa bringa, i e ladronnan ku nan spada tabata mustra masha peligroso.

Abbi a pidi e hòmbernan pa no bai bringa. Si nan bringa lo tin algun di nan ku lo sali heridá òf asta morto. E ladronnan tabata bon prepará. Nan spadanan tabata largu i skerpi!

Abbi a kuminsá resa i e otronan a djòin den e orashon. Nebo i su amigunan a baha nan kabes i nan tambe a resa.

Diripiente e mama kabritu a keda ketu i un zonido straño a penetrá e silensio di e anochi. Nebo su kabeinan a lanta para. "Kiko esei tabata?" el a pensa. Dos di su primunan a gara su mannan i nan a keda para einan ketu resando, wardando pa mira kiko ta bai pasa.

Atrobe e zonido a penetrá e airu, e bia aki mas serka. El a zona manera un bos di mal tempu mesklá ku un bos straño ku ta fluister algu for di leu.

"No drenta pániko," Nebo a bisa su primunan. "Mi kier sa ku ta bientu." Manera el a bisa esei, e ladronnan a kuminsá kore rònt, piki tur nan kosnan, paketá nan tasnan purá purá. Nan tabata asina spantá ku nan tabata dal den otro i pusha otro. Por a skucha nan bos bon kla debí ku e baka a stòp di hasi bochincha.

Nebo a konosé e dialekto ku nan tabata papia, i el a rekonosé ku e ta di e hendenan di Nort. El a yega di tendé ora nan tabata bin hasi negoshi den siudat, i e ta komprondé sufisiente pa e realisá ku nan tabata den pániko.

"M'a bisa bo laga nan bestianan! Awor nan Dios ta sigui nos! M'a bisa bo… pero no… nunka bo no ta tende di mi," un di nan tabata grita.

"Keda ketu!" Esun mas bieu a grita. "Kua dios ta preokupá ku un par di bestia? Diosnan ta preokupá solamente ku loke nos duna nan pero no ku loke nos kita for di otronan."

"Bo'n sa nada sua", e otro a bisa rabiá. Mi a tende ku e Dios di e Israelitanan ta diferente. E ta un Dios ku bo no por mira pero hudiunan ta bisa e ta mira tur kos i e ta tur kaminda pareu!" E ladron brutu i shushi a bisa.

"Ki falta bo? Bo ta ku nos òf bo tambe ta hudiu?" e lider di e grupo a grita i el a pusha e dos nan un banda. Promé ku un pelea real por a kuminsá, e bientu a supla atrobe pero e bia aki tur e animalnan a start un gritamentu i korementu rònt. E bientu a bira mas i mas fuerte i un di e hòmbernan a gara su pertinensianan i kuminsá kore. E di dos ladron a sigui su amigu purá pero e sobránan a purba trèk e burikunan pa bai kuné.

Tur hende sa ku un buriku por ta tèrko i esunnan aki no tabata un eksepshon. Miéntras e bientu tabata bira mas fuerte i tabata supla dor di e palunan, e burikunan a primi nan kuater patanan den e tera seku i nan a keda gritu duru. E tabata un zonido spantoso, te hasta den orea di Nebo! E ladronnan awor si a spanta mes mes i hasta sin kue nan pertinensianan nan a kore bai den skuridat maldishonando i gritando.

Abbi a bai dilanti i a kue e bestianan su kabuya. Nan tabata trankil awor i nan a siguié sin problema. Te hasta e burikunan a koperá. Kada un di e hòmbernan a kue un kabuya serka Abbi i e bestianan a sigui nan sin problema. Nan a kana bai den direkshon kaminda nan a laga e mucha hòmbernan ku e flambeunan sendé. E hòmbernan a usa esun flambeu pa sende tur e flambeunan i masha lihé nan tur tabatin lus atrobe.

"Laga nos buska direkshon di nos kampamentu awor," Zerubabel a bisa miéntras el a tuma liderazgo.

"Bai bèk lo dura un ratu," Abbi a bisa Nebo. "Bo ta bon?"

Nebo a sakudí kabes i bisa "si". "Mi ta kansá pero mi por kana te na kampamentu," el a bisa.

Nan a sigui Zerubabel i nan tabata kana ketu te ora un lus pálido di dia a kibra e skuridat. Nèt ora e promé rayonan di solo a kuminsá sali na horizonte, nan a mira nan kampamentu nan dilanti.

E hendenan di e kampamentu a kuminsá grita di alegria ora nan a mira nan hòmbernan i e bestianan. E muchanan a kore pa kumindá nan tatanan ku a regresá. Hopi hende a keda lantá henter anochi ta resa i warda, pero awor nan a bati man i kanta miéntras e muhénan a trese pan plat i pasta di figo pa nan selebrá i desayuná.

Despues di e orashonnan di Yeshua, e lidernan a disidí di reanudá nan biahe i move padilanti ku mas rapides. Nan a kibra e kampamentu rápidamente i nan a kuminsá kana.

E siman ku a sigui e karavana a sigui move rápidamente. E sòldánan tabata mas vigilante durante anochi i algun di e lidernan a forma un grupo di vigilansha i nan tabata kambia warda durante anochi.

Nebo a logra pusha su mes den e posishon im portante aki. E ku Bani por a kana rònt anochi i yuda tene warda.

Asina Abbi por a sosegá un tiki pasó e tabata hopi kansá. El a pèrdè hopi soño anochi, anto den dia, e tabata skucha hopi hende. Nan tabata bin papia i pidi orashon pasobra nan tabata insigur pa nan futuro.

Hopi tabata preokupá kon nan ta bai haña kuminda i kon pa sobrebibí na Yerúsalèm.

Pero Abbi tabata bisa nan kada bes pa nan konfia Adonai, nan Dios. "Si Dios ta trese nos bèk, E lo proveé sigur," Abbi a sigurá nan.

"*Kòrda e palabranan di e lei: ora abo i bo yunan regresá serka Señor bo Dios i obedes'É ku henter bo kurason i henter bo alma, tur kos ku mi ta komandá bo ku Dios lo bendishoná nos.*"[4]

KAPÍTULO 7

Riba Kaminda Atrobe

Tur dia e karavana tabata sali trempan i sigui su ruta. Hendenan tabata mas kuidadoso i espesialmente anochi nan tabata tin mas hende pa tene warda. Sin sa nan tabata dos luna kaba riba kaminda pa Israel. Dianan tabata pasa lihé ku tantu kos di karga, kushiná i tambe baha i subi tènt.

Dos biaha mas, ladronnan a purba pa hòrta nan pertenensia den anochi. E sòldánan a yuda i e hòmbernan na warda a logra kore ku nan sin ku e ladronnan a logra hòrta nada grandi.

Pa motibu di esaki, algun hende a kuminsá bira deskurashá. Nebo mes a tende kon hendenan a kuminsá murmurá. "Ta ki dia nos ta yega anto? Nos lo muri riba e kaminda largu aki? Ta kalor! Mi a kansa di kome stòf." Asina nan tabata bisa.

Na sierto okashon, lidernan mester a yama algun famia pa enkurashá nan i, okashonalmente, asta pa reprendé nan pa papia kontra di e palabra di Dios. "Dios ta bon sufisiente pa sòru pa boso," e lidernan a bisa. Pero e hendenan a keda duda.

"Wak kon flaku nos a bira." Un hòmber balente a riska reklamá abiertamente. I e ora ei otro nan a bisa: "Ta bèrdat." I hopi hende a kuminsá reklamá na bos haltu.

"Nos ta mas flaku pasó nos ta kanando henter dia pa lunanan kaba!" Un di e lidernan a splika ku pasenshi. "Pero kuantu di bosnan ta malu? Ken a kibra pia? Ken a muri?" E lider a sigui puntra.

E ora ei si e hendenan a keda ketu, pasobra bèrdat ningun di nan no a bira malu. Ni sikiera e hende bieunan no a muri den tur e kalor i kansansio di kana. Ni un animal no a muri, ni pèrdè!

"Nos ta mas delegá ku ora nos a sali for di Babilonia, pasó nos no ta komiendo e kumindanan di luho manera dadel i granatapel ku nos tabata tin na Babilonia, pero tin un di boso ku tin hamber akinan? Tin un hende ku a drumi ku stoma bashí?" E lider a sigui puntra anto atrobe e pueblo mester a baha kabes.

"No, mi shon, nan a bisa. Nos no a drumi ku hamber."

"Pero ta pan batí ku sòp i siboyo so nos a haña e dianan aki," un otro a riska bisa. "Anto kiko lo pasa ora esakinan kaba?"

"Rumannan nos mester konfia Dios," e lider a bisa. "Nos tin dos luna na kaminda nos no a bira malu ni muri. Dios mes lo yuda nos. Nos no ta prekupá pa mañan."

E kantantenan i e oradornan a bin dilanti i Zerubabel a habri den orashon i nan a kanta alabansa na Dios su nòmber i e ambiente a kalma i tabata kontentu.

Despues Zerubabel a yama nan atenshon atrobe pa splika di e siguiente parti di e biahe. "E tereno ku nos ta bai subi ta bai ta mas duru." El a splika. "Na kuminsamentu tin hopi seritu i despues nos lo drenta e serunan grandi mes mes. Esaki ta nifiká ku pa di promé biaha durante nos biahe lo no bai tin un riu banda di nos, ni piská, ni awa fresku pa bebe ni pa baña. Awa ta importante i pronto lo e bira skars," Zerubabel a bisa. "Yena tur boso pòchinan ku awa. Boso lo mester usa awa na midi. No por dispidí awa." Ku karanan preokupá e pueblo a skuch'é. Algun a grita hasi pregunta.

"Nos lo keda kampa un siman na e lugá aki, "Zerubabel a bisa, "asina nos por piska sufisiente piská i laga nan seka pa nos por tin pa e dianan benidero. Si tin algun di boso ku por yag, por fabor bai i hasi esaki. I despues nos tin ku seka e karni. Probablemente no ta posibel pa haña kuminda den e serunan i despues di e serunan nos mester krusa dor di e sabananan pa algun dia tambe." Zerubabel a avisá nan. E intensidat di e situashon a dal tur hende diripiente.

Ima a bai wak rápidamente kiko el a sobra na kuminda." Mi kier pa boso tur keda serka di e tènt i yuda mi," el a bisa su yunan.

"Yuda mi kontrolá e sakunan," el a bisa Nebo i después el a bisa "Bilah, konta tur berdura i wòrtel ku nos tin i pone tur huntu den un saku." Asina nan a traha henter dia, limpia sakunan i pòchinan, pone sobránan huntu, midi i traha lista di loke nan tin. Pronto nan tabatin un bon bista di loke a sobra.

"Ima, nos tin dos saku kompletu di grano," Nebo a bisa.

"Esei ta bon," Ima a kontestá. "Esei ta sufisiente pa traha pan batí."

"I nos tin plùm seku i apel seku," Bilah a bisa, mustrando tres makutu di fruta seku. "I henter un pòchi di siboyo i konofló." el a kontinuá ta kita e tapa for di e kuminda i laga su mama wak.

"Oh bon, i aki nos tin un pòchi chikitu di stropi di abeha ku a sobra i ami tin algun speserei," Ima a apuntá.

"Si nos por haña piská pa nos seka i si nos logra kue un biná òf algu asina, esei lo ta hopi bon," Nebo a bisa.

Ora ku Abbi a yega nan a kompartí e informashon tokante e kuminda kuné. El a disidí di mata dos di e kabritunan pa laga nan kuminsá seka. "Nos mester sòru pa nos tin sufisiente kuminda," el a bisa. "Algun hende den e karavana no tin hopi i nos mester por kompartí ku nan."

Tur hende tabata poko krepchi durante di e siman ei i algun di e diskushonnan a bira hopi kayente i mester a wòrdu tresé dilanti di e lidernan pa intersedé.

Mas tantu Abbi tabata dunando konseho na famianan ku e tabata enkargá kuné. Kasi e no por a yuda Ima pa prepará pa kuminda.

Atrobe Saba a yuda dor di manda su ayudantenan bai yuda buska kuminda.

Nebo tabata e úniko piskadó pa su famia. Nebo ya no tabatin miedu mas ora ku e tin ku bai na e riu manera e promé dia.

Lo tabata mas agradabel pa piska huntu ku su tata i kombersá un tiki. Nebo tambe ke puntra hopi kos di e Tera Primintí. Pero Nebo tabata responsabel pa sòru pa kuminda pa henter su famia durante e delaster parti di e biahe. Esei ta algu duru sigur sigur. E tabata preokupá pa e tin sufisiente kuminda. Tur e famianan a manda nan yu hòmbernan bai piska i Nebo a subi bai ku su primunan na e lugá asigná pa su klèn.

Promé ku el a kuminsá piska, Nebo a bai silensiosamente den e mondi i a hasi orashon na Dios. "Tata yuda mi pa mi tin sufisiente kuminda pa mi Ima i mi rumannan. Abbi no por yuda mi pero mi tin ku trese sufisiente kuminda kas." El a seka su wowonan dos biaha durante ku e tabata hasi orashon. I despues el a bai traha. Poko poko i pensativo el a laga su liña di piska baha den awa, i no a dura muchu promé ku el a piska su promé piská. I el a kontinuá eksitosamente piskando un piská tras di otro, i promé ku e tabata sa, e tabatin diesdos. Algun di nan tabata muchu grandi pa pas den e makutu ku su mama a dun'é pa pone piská aden. "Yohoo," Nebo a hari miéntras ku el a kontinuá trahando. Ora ku el a kaba el a alabá Señor miéntras ku e tabata kana bai bèk na e kampamentu pa entregá e piskánan na su mama pa asina nan por kuminsá seka nan.

Durante di e siguiente dianan Nebo a logra piska sufisiente piská pa yena un pòchi di klei kompleto ku piská seku.

E hòmbernan ku a bai yag a parti nan karni ku Abbi komo parti di nan sakrifisio pa e saserdote. E ora ei Ima no tabata preokupá mas tokante kuminda. E i e mucha muhénan a koba saka algun rais di kasava, despues a herebé i seka nan. Durante tempunan difísil, nan por usa esaki pa traha un sorto di arepa ku e hariña.

Durante di e dianan drùk aki, famianan kompleto tabata kolektá kuminda, despues kushiná, seka i warda esaki di tal forma ku e lo no daña òf haña bestia.

Den anochi ora ku tur e karni i piská tabata kologá ta seka den e huma, e famianan tabata bini huntu i tabata wòrdu instruí den e leinan di Señor.

Abbi tabata hasi su máksimo esfuerso pa logra siña e klèn. Algun di e mucha hòmbernan tabata haña lès na hebreo i tur hende tabata praktiká e idioma hebreo.

Nebo a disidí di stòp di papia arameo kompletamente ku su primunan pa asina nan por praktiká i papia hebreo mas mihó.

Ora ku e karavana a desharmá su tèntnan i tabata kla pa sigui move pa dilanti, e pueblo a wak atras riba e riu ku gran tristesa. El a yuda nan pa kuida di nan famia pa un tempu largu, i awor ku nan tabata bandoná e riu, nan tabatin miedu di e tempunan difísil ku nan tabata tin nan dilanti.

KAPÍTULO 8

Awa

Dia pa dia, e karavana a sigui padilanti, direkshon pa e Tera Primintí. Un dia a bira dos dia, despues tres, i asina el a bira un siman. Pasando dor di e terenonan yen di baranka tabata difísil. Asta e animalnan tabata sufri.

Despues di sinku dia, Zerubabel a manda un mensahe pa e kampamentu ku nan lo bai tuma dos dia pa sosegá. Tabatin hendenan di edat mas avansá ku no por a sigui bai.

Komo ku no por a haña awa den e serunan, un parti di e grupo tabata anhelá pa sigui tòg.

Algun a proponé dividí e karavana den dos grupo, unu pa esnan ku ta kana duru i unu pa esun nan ku ta kana poko poko.

"Boso ta riska kana bai laga boso hende grandinan atras?" Un hòmber bieu a puntra ku un stèm iritá. Saba tambe a halsa su bós i splika bon kla ku e no ke keda atrás. Otronan a bai di akuerdo kuné i e lidernan a bandoná e plan pa laga esunnan poko poko atras.

E lidernan a disidí ku nan no ta bai tuma dianan èkstra di sosiegu pero ku lo karga e grandinan riba e brankarnan improvisá. Asina e grupo a sigui move.

"Ima," Nebo a bisa prekupá. "Mi a kue e último awa awe mainta for di e barí pretu. Kiko nos ta bai hasi awó?"

"Mi sa, mi yu," Ima a bisa ku e mesun mirada di prekupashon riba su kara. "Mi a duna e animalnan di bebe for di e último pòchi grandi. Mi ta kere ku nos tin basta awa pa un dia mas den e tinashinan i despues nos tin ku yena nan bèk.Adonai lo proveé. Sigur nos lo no bai muri di set", Ima a bisa. Nan tur a hari, loke ku a kibra e tenshon.

Un mensahero a kore bin yama Abbi pa bai dilanti di e karavana pa un orashon speshal e mainta ei. "Ban kana bai ayanan i hasi orashon huntu ku nan," Nebo a bisa i a kue man di Bilah i

Inai tene. Ima a sali for di su tènt, yama Saba i a kana purá bai ku su yunan. Tabatin hopi hende ku a reuní kaba riba e plenchi di orashon. E palabra ku tabata riba tur hende su lep tabata "awa".

Awa bèrdat tabata un asuntu hopi urgente.

Nebo, ku algun otro hóben, a hasi orashon huntu. Abbi a lesa for di e Palabra i e ansianonan a hasi orashon. Tabatin hende riba rudia, sklamando na Dios, pidiendo E pa proveé awa pa nan.

Finalmente Zerubabel a dirigí su mes na e grupo i a bisa, "Mi ke pa algun hòmber hóben fuerte forma un grupo i bai den e serunan i purba di haña un waterval òf un riu. Un riu chikí mes ta bon."

"Pero na unda nos lo haña un riu asina?" Un hóben a grita. Tabata bisto ku e no tabata ker a bai hasi un tarea peligroso asina.

"Ami ta kere ku bo tin ku subi bai te na e parti mas haltu riba e serunan aya," Zerubabel a bisa i a mustra un seru haltu. "Ora ku bo ta te na haltu aya, wak ront. Si bo mira algu di bèrdè den e kampo maron aki, mester tin awa i bo tin ku hañ'é."

Nebo a hari. E no a pensa e kos ei. "Ami ke bai," el a grita.

"E no por bai, ta un mucha e ta. Nos tin mester di hende hòmber pa guia nos den e aventura aki," un otro a bisa.

"E ta e yu di e saserdote i no te a bai i trese nos animalnan bèk ora ku e ladronnan a hòrta nan?" Un otro a grita na fabor di Nebo. Otronan a kuminsá ta argumentá.

"Ta basta!" Zerubabel a bisa frustrá. "Si e mucha ke bai, lag'é bai. Nos tin mester di pianan yòn i lihé,i un mente zeloso. Anto ku un par di wowo bon."

No a tarda mashá ku mas hende a djòin i Zerubabel a apuntá Akki komo lider di e grupo. Miéntras tabatin klaridat di dia ainda, nan a subi purá pa bai tòp di e seru ku Zerubabel a mustra.

Miéntras tantu, Zerubabel a pidi tur hende pa wak nan kantidat di awa i kompartí ku miembronan di famia ku no tabatin sufisiente pa e dia ei.

Nan a hasi manera ku a bisa nan i tur hende i bestia den e kampamentu a haña sufisiente awa promé ku nan a bai nan tèntnan bèk pa hasi orashon i spera.

"Lo bai tarda por lo ménos un dia promé ku e hóbennan bini bèk," Abbi a bisa i a kai sinta na entrada di su tènt ku su kabes bahá, ku su shal di orashon riba su kabes. Ketu ketu e tabata hasi orashon.

No a tarda masha ora ku, pa nan sorpresa, nan a tende zonidonan di gritu duru ku tabata bini for di direkshon di e serunan.

E grupo ku a bai eksplorá ya tabata biniendo bèk. "Abbi!" Nebo tabata grita ora ku el a kore bai serka su tata. "Nos no mester a bai te ariba. Klaramente nos por a mira un plèki bèrdè bèrdè, no muchu leu for di aki. Zerubabel a manda òrdu pa kibra e kampamentu i kana bai einan promé ku bira skur."

Abbi ku Ima a brasa Nebo, kaba nan a paketá e animalnan masha lihé, i kibra e kampamentu. Tur hende tabata ansioso pa haña awa fresku.

Pa oranan largu nan a kana pero promé ku a bira skur, nan a yega na e riu. E tabata mas un fuente ku tabata sali for di un formashon di barankanan skur.

Zerubabel a purba e awa promé i a deklará ku e ta bon pa bebe. "Gloria Dios, nos Dios ta bon, su promesanan ta pa semper," tabata loke ku e hendenan tabata bisa ora ku nan a haña un

lugá kantu di e riu kaminda nan por a yena nan barínan. Bilah a kore bai yena un tinashi pa su mama. Awa nunka a smak dje bon ei.

Mesun anochi e hóbennan a probechá di drenta den e awa pa nan baña, i mayoria hende di e kampamentu a hasi mesun kos e siguiente mainta. E awa fresku tabata masha refreskante – tantu pa kurpa komo pa e alma.

Nebo a yena tur e barínan pa Ima i el a laga e animalnan tambe bebe awa fresku.

Nan a pasa e siguiente dia kompletu ta kampa pegá ku e riu i ningun hende tabata sinti pa bandoná e riu, pero nan tabata sa ku nan mester a bai. E parti mas grandi di e krusada lo bai start awor. Nan mester bai krusa e sabananan.

Despues di dos dia, nan a bandoná e formashon di baranka.

No tabata fásil pa nan a subi den e serunan ku nan bestianan i nan hende grandinan riba brankar, pero baha for di e serunan tabata mas difísil ainda.

Mester a lei e animalnan ku tabata tin miedu di baha riba e kaminda smal nan i mester a wak bon pa niun hende no slep kai!

Porfin despues di dos dia nan a yega abou i nan tabata riba tera plat. Pero e biaha aki, sin riu.

Zerubabel a bolbe yama un reunion i a splika. "E temperatura den e sabananan aki por subi masha altu durante di dia i pa anochi por hasi basta friu. Mi ta sugerí pa nos kambia nos skema di kanamentu. Laga nos lanta bon trempan i kuminsá kana kuat'or di mardugá i sigui kana te ora ku ta muchu kalor pa kana. Djei nos ta kampa i purba di drumi. Ora ku bolbe bira fresku, nos ta sigui kana. E manera aki nos por skapa e kayente un poko."

Asina e hendenan a hasi tambe. Nebo nunka a yega di kana den sabana kayente promé i el a keda sorprendé.

E tereno tabata plat, plat. Bo por a para mira masha leu mes. Tera so so. Yen di santu. Den un ora, e santu a penetrá tur kaminda. "Abbi, mi tin santu meimei di mi djentenan i den mi orea," Nebo a bisa fastidiá. Abbi tabata hasi uso di su shal di orashon pa evitá ku santu tabata drenta den su wowo i nanishi.

Bientu no tabata yuda masha. E tabata un bientu kayente i inkonfortabel. E no tabata trese freskura pero e tabata lanta e santu i hink'é den tur nachi i skref ku e hendenan no tabatin bon tapá i den nan pertinensianan. E bestianan tambe tabata hopi iritá i nan tabata keda move nan orea i rabu bai bin den un intento enbano pa kita e santu for di nan.

E biahe den e sabananan di bèrdat tabata mas lento i e reserva di awa tabata baha lihé, pero riba e di sinku dia di e trep den sabana, nan a yega den e pais di un otro tribu di hende. Nan siudat tabata traha tras di un formashon di baranka, i e tabata mas fresku. Un riu tabata trese e freskura pa nan.

E hudiunan a pidi i a haña pèrmit pa nan yena nan barínan. Zerubabel kier a proklamá un sosiegu di tres dia i tur hende a gosa di e idea ei, pero despues di orashon, e sumo saserdote, Yeshua, a disidí kontra di dje. "Nos ta sigui mañan mes," el a deklará, mi no ta sinti pa keda akinan mas largu."

Tòg a resultá ku nan mester a keda un dia mas largu. Algu teribel a sosodé e anochi ei. Por ta ku ta dor di kansansio, òf kisas tabata e trankilidat di e pais, pero e hòmbernan ku mester a protehá nan pertinensianan no tabata mes alerta e anochi ei.

Ningun hende no a tende ni mira nada pero pa tur hende su sorpresa, ladronnan a sa di hòrta hopi kònteiner di kuminda seku i asta algun kabritu.

Ima tambe a pèrdè kuminda. Ima a yora.

"Mi a pèrdè tur mi piská nan seku."

Abbi a wak i e no a bisa masha. El a hala e shal di orashon riba su kabes.

"Mi no sa sigur ku nos a sobra basta kuminda pa e biahe," Ima a bisa, i Nebo a sinti su mes malu.

"Nos lo por mata un baka, Ima," el a bisa, purbando di anim'é.

"Nos tin mester di nan pa Yerúsalèm, mi yu. Nan ta duna nos keshi i e lechi ku nos tin ku bebe. Kòrda ku Yerúsalèm ta bashí. No tin kaya, ni negoshi, ningun kaminda pa kumpra kos ni hasi negoshi. Tur loke ku nos tin ta aki huntu ku nos."

"I nos tin mester di e bestianan pa nos sakrifiká, mi yu. Esei ta e úniko manera ku nos tin pa paga nos debe di piká na Señor," Abbi a bisa.

Nebo a sak su kabes. E tabata sa tur esaki; no tabatin nada ku e por a bisa ni hasi. "Nos a sobra berdura?" Bilah a puntra, i Ima a wak den e sakunan. El a topa un par di wòrtel mará huntu, un saku di siboyo i algu di konofló. A sobra algun aprikòt seku, i tambe figu, pero no masha mas. Tabatin sufisiente hariña pa traha algun pan batí.

Nebo a sigui yuda Ima tira un bista den tur e hopi saku i kahanan di warda kos. Diripiente el a bula lanta, ku un saku grandi den su man, "Mi a haña nechi!" el a bisa. "Nechi di pistacho!"

Tur hende a kuminsá hari. Ku un harí sabí riba su kara, Abbi a bisa e ora ei, "Komo kabes di kas, mi tin ku pruf e nechinan ei promé pa mi ta sigur ku nan ta bon promé ku mi duna un tiki na mi famia," i el a saka su man.

"Kasi sigur," Nebo a bisa, harí, pero tòg el a duna su tata un man yen. Kaba Ima, Inai i Bilah tambe a tuma serka Nebo.

"Nos no mester preokupá," Nebo a bisa. "Wak kon Dios ta sòru pa nos aki." Anto el a parti un tiki nechi mas pa tur hende. Sobrá nan a sera den e saku i warda pa mañan. Kontentu i konfiando den Señor nan a bai drumi.

KAPÍTULO 9

Pusha Bai Dilanti

Siguiente dia nan a laba tur nan pañanan i a baña den e riu. Despues nan a kana kontra e koriente kaminda ku nan a kue awa fresku pa nan tin na kaminda. Ku esaki nan tabata kla pa kontinuá ku e biahe.

Zerubabel a papia ku e lidernan i a splika nan e último parti di nan biahe. Esaki lo ta un parti mashá difísil di nan biahe, pero despues di krusa e delaster parti di e sabananan, nan lo ta den e Tera Primintí.

Ku Zerubabel na kabes e karavana a sali for di e oásis bèrdè i abundante pa kuminsá nan biahe largu i trabahoso rumbo bèk pa kas..

Apesar di e kalor, stòf i skarsedat di kuminda,

nan a sigui pusha bai dilanti.

No tabata tin masha kos ku nan por a hasi pa ku e elementonan aki, pues asina nan a sigui pone un pia dilanti di otro i kana.

Nan a trata di protehá nan kara for di e solo i stòf mas tantu posibel, i anochi, nan a tene otro kayente dor di drumi huntu. Tur dia nan tabata tin un grupo di hende hòmber na warda pa protehá nan propiedatnan.

Un mainta Nebo tabata wak Abbi ta skibi un kos riba su ròl di pèrkamènt. Tur dia Abbi ta skibi un kos riba e ròl ei. "Dikon Abbi ta nota tur e dianan riba e ròl?" el a puntra.

"Nos mester sa ki dia nos a sali i kuantu dia nos tin ta kana. Asina nos por sa kuantu dia e ta tuma nos pa yega, mi yu", Abbi a bisa. "I mi mester sa ki dia ta Sabat. Nos mester opservá e Sabat kuidadosamente. Ta p'esei mi ta sòru pa mantené e dianan na bista.

Nebo a komprondé e importansia di e tarea aki i atmirá su tata pa su perseveransia, diligensia i responsabilidat.

Nan biahe a kontinuá, i e dianan a bira simannan, i e simannan a bira lunanan.

Pero finalmente, despues di tres luna kana i riba e promé dia di e di shete luna di aña, hustamente na momentu ku nan a yega banda di un formashon di piedra, nan a tende un sonido eksitante atraves dl e karavana.

"Israel!"

Muchanan i ansianonan a kuminsá kore i bula.

Nebo a kore bai serka su tata. "Abbi mi tin mag di bai dilanti di e karavana pa mi mir'é?" Ku harimentu, Abbi a duna pèrmit. E tambe kier a bai dilanti, pero e no por a bai ora ku el a tuma nota ku hopi kabes di famia tabata move bin den su direkshon pa mas informashon.

Diripiente e karavana a para ketu i un koredó a aserká Abbi, i a pidié pa bini na un reunion ku e ansianonan na e kabes di e karavana. Esaki mester ta un reunion mashá importante.

Zerubabel tabata einan kaba hasiendo orashon huntu ku algun di e hòmbernan.

Solo tabata haltu i pa e promé biaha den su bida Nebo por a hisa su kara ariba i mira e sivilisashon di Yerúsalèm leu ayá.

"Nos ta serka di yega na e riu Hordan," Zerubabel a bisa na e momentu ei. "Nos ta sigui kana bai sùit te ora nos yega Jericho i e ora ei nos ta krusa."

Si nos krusa muchu trempan, nos lo resultá den e teritorio Samaritano i nos no ke esei. E Samaritanonan nunka no tabata tin un religion limpi i mi no kier pa nos tur bira impuru nèt promé ku nos drenta Yerúsalèm." Tur hende tabata di akuerdo kuné.

Pues nan a disidí ku nan mester kana algun ora mas e dia ei i purba pa yega e riu Hordan promé ku nochi sera. Una bes ku nan yega einan,

nan lo haña awa pa baña i purifiká nan mes promé ku nan drenta e Tera Santu.

Pronto e karavana a kuminsá move atrobe. E kantantenan tabata kanta i e grupo a sigui move bai dilanti rápidamente. Ningun hende a keha òf pleita e dia ei i nan a mantené nan focus.

Tabata anochi kaba ora ku nan a yega kantu di e riu i bou di lus di flambeu nan a traha nan kampamentu.

KAPÍTULO 10
Un Prueba Mas

E siguiente dia nan a lanta trempan i a kana kantu di e riu i ta wak rònt. E riu tabata skuma i ronka.

Nebo a wak ku wowo hanchu habrí. E riu aki no ta parse nada di esun ku nan tabata tin banda di kas na Babilonia. El a gara man di su tata i a wak e ku wowo hanchu habrí, "No tin un manera pa nos krusa bai na e otro banda, Abbi, i kon ta pará ku Saba i e bestianan? Nan no por landa."

Abbi a sakudí kabes. "Ta parse imposibel di bèrdat," el a bisa i a trose su barba. "Pero nos, hudiunan, tin un gran historia pa loke ta trata habrimentu di awa pa e hendenan krusa. Ta importante pa nos konfia Señor i hasi orashon riba dje."

"Dia ku Laman Kòrá a habri, Abbi ke men?" Nebo a puntra i Abbi a sakudí kabes ku si. "Pero Moises tabata einan ora ku e kos ei a pasa, i nos no tin Moises huntu ku nos awor aki."

"No, nos no tin Moises, pero ketu bai Dios ta meskos," Abbi a bisa ku konvikshon. "Dios ta nos héroe, E lo habri kaminda. Nos tin ku konfia. I... por ta bo tin ku stòp di wak e riu," el a tenta Nebo ora ku el a mir'é ta wak e riu haltu ku duda.

Mas lat e mainta ei, Yeshua a proklamá un dia di ayuno i orashon i tur hende a bai di akuerdo. Nan a laba tur loke ku nan tabatin i nan a laba nan kurpa segun seremonia. Anochi, nan a konfesá nan pikánan na e saserdote i a ofresé algun animal komo sakrifisio. Tur kos a bai bon.

E siguiente dia e riu tabata mas haltu ainda ku e dia promé i hopi hende a aserká Abbi puntrando kiko nan tin ku hasi awor. Algun hende tabata keha abièrtamente. Yeshua a deklará un otro dia di yuna i sakrifisio i esunnan ku ta keha mester a bini dilanti di e lidernan.

Yeshua a papia na henter e grupo. "Rumannan. Por fabor stòp di keha. Usa bo tempu di un manera sabí. Hasi orashon na Dios i pidié pa kalma e riu pa nos por krusa. Mi ke pa nos tur ofresé sakrifisio i konfesá nos kehonan i pidi Dios pa duna nos un manera pa krusa. Nos mester konfia ku Dios ta bai hasi esaki pa nos."

E anochi ei e hendenan tabata na pas. E kehamentu a stòp, i e hòmbernan tabata sintá ketu ku nan shal di orashon riba kabes.

Abbi a kana meimei di e hendenan i tabata kurashá tur. Algun mucha hòmber a bai piska i pa di promé biaha den basta dia, nan por a sinti holó dipiská ta hasa riba karbon kayente. Tur kos tabata bon den e kampamentu.

Su siguiente mainta Nebo a lanta trempan i a realisá ku tin un kos straño pero e no tabata sa ta kiko. E no tabata sa ta kiko ta pasando, i el a bandoná e tènt pa e bai buska Abbi. El a haña Abbi pará ku su mannan di strèk na laria.

"Bon dia Abbi. Ta kiko ta pasando?" el a puntra.

"Skucha," Abbi a bisa, "bo ta tende?"

"Mi no ta tende nada," Nebo a bisa.

"Eksaktamente!" Abbi a bisa. "Mi no ta tende e riu. Laga nos ban wak."

Purá nan a pasa meimei di tur e hopi tèntnan i a krusa dor di e palunan di mata.

Normal e sonido di e riu lo tabata duru kaba pero tabatin un silensio straño.

Nebo a yega kantu di e riu promé i e no por a kere su bista. E riu ku tabata ronka e dia promé a krem bira un lèk di awa. Asta e ansianonan lo por a djis kana bai e otro banda!

"O Abbi!" Nebo a grita. "Dios a hasié pa nos! Awor nos por krusa. Dios ta bon. El a skucha nos orashonnan."

Abbi tabata seka su wowonan i alabá Dios pareu. Mesora nan a bai lanta e sobrá hendenan di e kampamentu i a hasi preparashon pa e orashonnan di mainta di gradisimentu i pa un desayuno lihé.

Despues tabata ora pa kuminsá krusa. No tabata fásil pa a haña asina tantu hende i animal na e otro banda di e riu, i el a tuma hopi ora i hopi man pa yuda.

Nebo a djòin e hòmbernan i e mucha hòmbernan fuerte segun ku nan tabata pará den dos kareda, formando un pasashi meimei. Segun ku e hendenan tabata kana meimei di e dos murayanan humano, kada hòmber den e muraya humano tabata saka man pa asistí esnan ku tabata pasando. Pa nan por a tene nan kosnan seku, nan tabata pasa saku ku weanan, di man pa man pa nan yega na e otro banda. Ora ku e último tabata seif na e banda di e Tera Santu, e hende hòmber i muchanan a sigui. A tuma e grupo henter dia pa nan a krusa e riu ku tur nan poseshon i bestianan, nèt na tempu pa lanta e tèntnan i bai den e orashon di anochi. Yeshua a proklamá e siguiente dia un yunamentu di gradisimentu i un lesamentu largu di e ròlnan.

E anochi tabata alegre. Ounke tabata sukú kaba, ningun hende no tabata kier a bai nan tènt, asina nan a keda lantá, batiendo man i kantando alabansa te lat.

Siguiente dia, nan a adorá Señor henter dia, lesa skritura i hasi sakrifisio atrobe.

Ya tabata basta lat kaba ora ku Abbi i Saba a bin buska Nebo i kana bai ku ne. Tabata kasi sukú pero nan a subi un baranka huntu i ei nan a para i wak leu den distansia. Abbi tabatin un saku huntu kuné.

"Mañan nos ta drenta nos pais nobo, mi yu," Abbi a bisa. "Aworakí ta muchu sukú pa mira algu pero mi ta primintí bo ku esaki ta un pais glorioso. Nos Dios a duna nos e i nos lo prosperá aki. Bo ta kòrda e palabranan di lei ku mi a laga bo memorisá?"

"Si Abbi," Nebo a bisa i a para stret pa resitá e palabranan. "Si boso i boso yunan bolbe serka SEÑOR, boso Dios, tende di djE i kumpli di alma i di kurason ku su mandamentunan ku mi ta duna boso awe, SEÑOR, boso Dios, lo kambia boso situashon, mustra boso su bondat i hiba boso bèk for di den tur e paisnan ku El a plama boso."

Saba a bati man. Abbi a klòp e riba su skouder.

"Asina mester ta, mi yu. Warda tur e palabranan di Dios den bo kurason i biba nan. Bo ta kòrda tambe kiko Dios lo hasi ora ku bo obedes'É?"

El a wak Nebo stret den su wowo. Nebo a realisá ku esaki ta mashá importante pa Abbi. E tabata manera un tèst di tur e kosnan ku Abbi a siñ'é riba kaminda pa e pais nobo. El a smail chikíchikí, para stret i a bisa, "SEÑOR, boso Dios, lo sirkunsidá boso kurason i kurason di boso desendientenan meskos ku boso ta sirkunsidá na kurpa, di manera ku boso lo stim'É ku henter boso alma i ku henter boso kurason. E ora ei boso lo keda na bida."

Un Abbi visiblemente emoshoná a brasa Nebo. "Bon, mi yu! Bo ta kla pa e tera nobo. Bo ta kla pa sirbi Dios den e tera nobo ku Dios a duna nos, Yerúsalèm, nos Tera Primintí."

Saba a brasa Nebo i nan a hari huntu.

Abbi a habri su saku i a saka nan matnan pa drumi ariba. "Aki nos ta drumi awe nochi," el a bisa.

"Asina nos por mira Yerúsalèm for di aki mainta."

Nan a habri nan matnan i a drumi na airu liber den nan tera nobo. Táwela, tata i yu. Famia tabata kla pa un aventura nobo.

Siguiente mainta nan a lanta mashá trempan, ora ku ainda tabata sukú. Nan a hasi orashon huntu tanten ku nan tabata warda solo sali na horizonte i trese klaridat na e shelu blek.

Ora ku porfin solo a sali, Abbi a mustra e serunan haltu leu ayá, ku tabata pará fuerte riba nan kurpa. "Mi yu, wak!" Abbi a grita, poderá pa emoshon.

"Ata Yerúsalèm ayá, nos siudat. Nos a logra, nos ta na kas!"

Nebo a wak Yerúsalèm, haltu riba e serunan i un sintimentu kaluroso a yena su kurason. Briando ku un sintimentu di orguyo i eksitashon, el a bisa su tata, "Nos a logra Abbi, Saba; nos ta den e Tera Primintí."